Mariken Jongman

Eins, zwei, drei - alle Tiere frei

Mariken Jongman

Eins, zwei, drei – alle Tiere frei

Aus dem Niederländischen
von Eva Schweikart

Urachhaus

Die niederländische Originalausgabe erschien 2014 unter dem Titel *Alle dieren levend en vrij* im Verlag Uitgeverij Lemniscaat, Rotterdam.

Nederlands letterenfonds
dutch foundation for literature

Wir danken dem Nederlands Letterenfonds für die großzügige Unterstützung der Übersetzung.

ISBN 978-3-8251-5126-3
Erschienen 2018 im Verlag Urachhaus
www.urachhaus.com

Umschlaggestaltung: U. Weismann
Umschlagabbildung: iStock / Ioliputa
Gesamtherstellung: Westermann Druck Zwickau

Nilpferde stemmen

Linus betrachtete das Blatt, das gerade auf seinen Tisch geflattert war. Es war aus einem Heft gerissen worden, und ganz oben hatte jemand »Frageliste« hingekritzelt. Darunter standen Fragen, nummeriert von eins bis sieben.

Linus drehte den Kopf ein wenig, um schräg hinter sich zu schauen. Dort saß Mila Romein, die – an ihrem Stift kauend – unbeteiligt zur Tafel blickte.

Alles ganz normal. Nichts Besonderes.

Nichts Besonderes?

O doch!

Denn der Zettel kam von *ihr*. Er war sich ganz sicher, weil er aus dem Augenwinkel ein schwarzes Plastikperlenarmband gesehen hatte. Milas Armband.

Herr Allard drehte sich gerade zur Klasse.

»So geht das also, ihr Lieben«, sagte er in seinem erklärenden Ton.

Linus bemühte sich, den Blick nicht von der Tafel zu wenden, obwohl vor seiner Nase etwas unendlich viel Interessanteres lag. Fragen. Von Mila Romein.

Gleich würde er wissen, was sie von ihm wollte. Gleich, sobald Herr Allard woandershin schaute.

Seit Januar war Mila Romein in seiner Klasse, und sie hatte ihn, Linus, bisher keines Blickes gewürdigt. Wahrscheinlich

wusste sie nicht einmal, dass er existierte. Zumindest nicht wirklich. Wenn überhaupt, dann nahm sie ihn als Fleck wahr, so kam es ihm vor. Als Fleck, den man nicht beachtet. Und falls doch, dann wischt man ihn kurzerhand weg.
Linus fiel auf, dass die anderen alle eifrig schrieben. Sehr gut, das würde er auch machen!

1. Was ist deine Lieblingsfarbe?
   Schwarz.

Die Antwort würde Mila bestimmt gefallen. Obwohl Schwarz eigentlich keine Farbe ist. Hm. Ob sie das wusste?

2. Was ist dein Lieblingstier?
   Totengräber.

Kinderleicht war das. Linus wusste, dass der Totengräber ein Käfer war, gesehen hatte er aber noch nie einen. Er fand einfach den Namen cool, und Insekten mit coolen Namen gab es seines Wissens nicht allzu viele.

3. Was isst du am liebsten?
   a)
   b)
   c)

Warum wollte sie das wissen? Was, wenn er Kotze, Kacke und Kakerlaken hinschrieb? Linus duckte sich, um sein Grinsen zu

verbergen. Nein, lieber nicht, das wäre kindisch. Damit könnte er nicht punkten, nicht bei Mila Romein.
Mila wirkte älter als die anderen in der Klasse. Sie wusste alles. Sie traute sich alles. Sie stemmte Nilpferde. Das heißt, sie könnte es, wenn sie wollte.

a) Pizza

b) Pfannkuchen

Linus tippte sich mit dem Stift an die Nase. Er brauchte noch etwas mit P, etwas Flaches. Drei flache Sachen mit P als Lieblingsessen, das würde Mila imponieren.
Pffft, als ob er ihr jemals imponieren könnte!

c) Paprikachips

4 Bist du für oder gegen Freiheit?

Was für eine Frage war das denn? Wer war schon gegen Freiheit? Mal überlegen, schlaue Antwort finden …

Dafür, außer bei Kindermördern.

5. Magst du Abenteuer oder lieber normale Sachen?

Ufff, das war haarig. Abenteuer, das hörte sich zwar spannend an, aber auch gefährlich. Etwas Ungefährliches war kein Abenteuer. Abenteuer im Vorgarten, Abenteuer bei Oma Meppel, Abenteuer mit Goldfisch Flossi – alles völlig daneben. Abenteuer bedeutete, dass man über einem Abgrund schwebte, von

Räubern mit Narbengesichtern gefesselt wurde oder einen Schwertkampf auf Leben und Tod austrug.
Zu Hause sitzen und lesen oder mit Freunden etwas unternehmen machte zwar Spaß, fiel aber garantiert in die Kategorie »normale Sachen«.

Weder das eine noch das andere.

6. Was für Musik gefällt dir am besten?
Mir gefällt jede Musik.

Nein, das ging nicht, sonst würde Mila denken, er hätte keinen eigenen Geschmack.

Außer klassischem Geklimper, Drehorgel und Blasmusik.

Wie mutig bist du? Nenne eine Zahl zwischen 1 (total feige) und 10 (sehr heldenhaft).
8

Linus hatte eine große runde Acht gemalt. Eigentlich hätte es eine Vier sein müssen. Eine *knappe* Vier, wenn er ganz ehrlich war. Aber allein der Gedanke, das einem Mädchen wie Mila gegenüber zuzugeben, war so mutig, dass er die Zahl guten Gewissens verdoppeln konnte.

Fertig. Linus schob das Blatt ganz nach rechts auf seinem Tisch und beugte sich ein wenig nach links. Wusch, weg war es, kaum dass Herr Allard sich zur Tafel umgedreht hatte.

Gackernde Hühner

Aber wozu das Ganze? Was würde Mila mit seinen Antworten anfangen? Was wollte sie überhaupt von ihm? Diese Fragen spukten wie Bettlakengespenster durch seine Hirnwindungen.

In der großen Pause machte Mila, was sie immer machte: Sie redete mit diesem, sie redete mit jenem, stand aber die meiste Zeit allein herum. Und vor allem: Sie gönnte Linus keinen einzigen Blick. Also musste er sich wohl aufraffen … Los, du Sandsack mit deinen acht Mutpunkten!
Mila wurde größer und größer, das machte Linus ganz nervös. Jetzt erschien sie ihm so groß, dass sie ihn mit Daumen und Zeigefinger packen, in den Mund stecken und mit einem Haps verschlucken könnte. Aber vermutlich würde er ihr nicht schmecken.
Linus stellte sich vor, wie sie ihn auf den Pausenhof spuckte: *Pfui Teufel, das schmeckt ja nach Pisse und Kacke und Linus!*
Was wollte sie nur von ihm? Er würde sie einfach fragen, da war schließlich nichts dabei. Sobald sie ein bisschen geschrumpft war, konnte er es wagen.
Nein, doch lieber schreiben. Ihr auch eine Frageliste vorlegen, das schien ihm besser. Gleich nachher in Geschichte. Geschichte war *repus,* super umgekehrt, vor allem, wenn es um Amerika im neunzehnten Jahrhundert ging. Um den Bürgerkrieg

zum Beispiel oder um die Pioniere, die den Wilden Westen besiedelten.
Aber heute war das Goldene Zeitalter dran, die Epoche, in der die Leute hier in den Niederlanden mit gelangweilten Gesichtern und großen Mühlsteinkragen herumliefen.
Den Rest der Pause über gab Linus sich alle Mühe, Mila nicht zu beachten. Keine einfache Sache, wenn die nicht zu beachtende Person ein Riese ist.

Endlich waren sie wieder im Klassenzimmer. Linus riss eine Seite aus seinem Heft und schrieb:

> Frageliste:
> Warum hast du mir eine Frageliste gegeben?
> Was hast du mit den Antworten vor?

Weitere Fragen fielen ihm nicht ein, jedenfalls keine, die er sich aufzuschreiben traute. Er pulte mit dem Stift erst in der Nase und dann im Ohr. Das half meist beim Nachdenken, jetzt aber leider *nacko-niente*. Nichts hieß das. Sein Vater sagte manchmal *nacko-niente*, wenn er sich über etwas ärgerte. Was ziemlich oft der Fall war.
Na gut, dann war es eben eine kurze Frageliste. Zwei Fragen waren besser als gar keine. Sobald Herr Allard sich zur Tafel umdrehte, musste Linus handeln.
Jetzt! Linus erhob sich mit eingeknickten Knien, so als säße er noch, machte ein paar unbeholfene Schritte, legte das Blatt blitzschnell vor Mila hin und setzte sich dann wieder. Ge-

schafft! Nun noch ein harmloses Gesicht aufsetzen und zur Tafel … oje!
Herr Allard hatte ihn im Visier!
»Was machst du da, Linus-Bert Homan?«
Linus hasste es, Linus-Bert genannt zu werden. Er hasste seine Eltern dafür, dass sie ihm diesen Namen gegeben hatten. Linus hätte doch gereicht, oder? Wozu noch dieses unsägliche Bert? Das Schlimme an einem Dorf wie Veenholten war, dass man nichts geheim halten konnte. Jeder wusste alles über jeden, auch den richtigen Namen. Später würde er in die Stadt ziehen. Dort konnte man heißen, wie man wollte. Vincent. Jeremy. Oscar.
»Ich? Äh … nichts. War bloß ein Wadenkrampf, da musste ich kurz mal aufstehen und rumlaufen.«
Herr Allard sah ihn forschend an.
Weil Linus sich sonst nie irgendwelche Frechheiten erlaubte, gab der Lehrer sich damit bestimmt zufrieden.
Und richtig: »Wenn das wieder einmal der Fall ist, dann meldest du dich. Es ist nicht okay, wenn jeder einfach aufsteht und rumläuft. Wir sind hier nicht auf dem Hühnerhof.«
»Tock-tock-tock, ich bin ein Huhn!«, rief jemand. Es war Lars, der gern den Klassenclown mimte.
Die anderen gackerten munter mit. Aber nicht alle, wie Linus mit einem schnellen Blick schräg nach hinten feststellte. Mila war dabei, seine Fragen zu lesen. Gackern, das hätte auch gar nicht zu ihr gepasst.
Jetzt schrieb sie etwas. Auf sein Blatt!

Herr Allard war meistens nett, manchmal witzig und oft streng. Diese drei Eigenschaften schlossen sich anscheinend nicht aus. Wenn jemand herumblödelte wie Lars gerade, fuhr er nicht gleich aus der Haut, sondern hob nach einer Weile die Hand, um Ruhe einzufordern, und wenn das nichts half, rief er laut: »Stopp!«
Diesmal würde es wohl auf ein »Stopp!« hinauslaufen.
Was ist bloß so lustig an Hühnern, dass man sie gern nachmacht?, fragte sich Linus. Er selbst hielt Hühner für blöde Viecher, fast so blöd wie die meisten Mädchen in seiner Klasse.

Ohne Kühe

Es waren schon öfters Neue in die Klasse gekommen. Carola zum Beispiel in der zweiten und Pieter in der vierten. Sie traten hinter dem Lehrer ins Zimmer, der sie mit »So, Kinder, das hier ist euer neuer Mitschüler« vorstellte. Der Neue wand sich dann vor Verlegenheit und grinste wie ein Pudding. *Bitte, bitte, beachtet mich gar nicht!* – hieß dieses Grinsen.
Mila Romein hatte sich nicht mit einem Puddinggrinsen eingeführt. Sie trat nicht hinter, sondern vor Herrn Allard ins Klassenzimmer, und noch ehe der Lehrer den Mund aufmachen konnte, sagte sie »Hi!« und hob dabei die Hand wie ein Motorradpolizist seine Stoppkelle. Und alle hörten mit dem auf, was sie gerade machten: schwatzen, schreien, Stifte werfen, schubsen. Manche hörten sogar auf zu atmen. Linus jedenfalls. Ein paar Augenblicke lang. Aber nicht, weil die Neue atemberaubend schön gewesen wäre, sondern weil sie völlig gelassen blieb. Als wäre ihr piepegal, dass alle sie anstarrten, und erst recht, was sie von ihr dachten. Wie machte man das bloß: nichts darauf geben, was andere von einem dachten?
Eine Zeit lang hatte Linus versucht, Mila auf sich aufmerksam zu machen. Auf dem Schulhof war er mit seinem speziellen Pausen-Schlendergang, der im Grunde nichts anderes war als sein normaler Gang, an ihr vorbeigegangen. Dabei sah er sie nie direkt an, sondern linste aus dem Augenwinkel. Wenn Mila,

was eher selten vorkam, mit anderen zusammenstand, gesellte er sich dazu und überlegte, was er Witziges sagen könnte. Er überlegte so fieberhaft, dass ihm nichts einfiel. *Mann, da war … äh … letzte Woche … tja …* Viel mehr bekam er nicht zustande. Ihm fehlten nicht nur die Ideen, sondern auch die Worte.

Vor etwa einem Monat war er am Nachmittag im Supermarkt mit ihr zusammengestoßen. Sie ging gerade hinein, als er herauskam. Mit einer Schale Champignons, einer Schachtel Muschelpralinen und einer Literpackung Apfelsaft in den Händen. Der Apfelsaft fiel ihm aus den Händen. Wie ein Backstein. Vor Milas Füße.

»Na, Elias, kaufst du für deine Eltern ein?«, fragte sie.

Mistelenderbockmist! Sie kannte nicht einmal seinen Namen! Schlimmer noch: Sie hielt ihn für Elias. Elias, dieser schlaffe Selleriestängel!

Linus bückte sich und hob den Saft auf. Die Packung hatte eine Delle abbekommen, war aber zum Glück nicht aufgeplatzt.

Auf dem Nachhauseweg fasste er einen Entschluss: Von nun an wollte er sich nicht mehr mit Mila Romein beschäftigen. Das heißt: Er würde sich genauso viel mit ihr beschäftigen wie sie sich mit ihm. Und weil er Luft für sie war, war sie von jetzt an Luft für ihn.

Und nun das: Vom einen Moment auf den anderen war er nicht mehr Luft, sondern wichtig genug, dass Mila ihm heimlich eine Frageliste zusteckte. Was mochte das bedeuten? Irgendeinen Grund musste es doch haben …

Geduld. Nach Schulschluss würde sie bestimmt auf ihn zukommen und ihm das Ganze erklären.
Es klingelte. Mila packte ihre Sachen zusammen, auch das Blatt mit ihren Antworten, spazierte in aller Totengräberruhe aus dem Klassenzimmer und verschwand in Richtung Fahrradschuppen.

Gegen halb sechs klapperte der Briefschlitz. Wahrscheinlich ein Prospekt vom Baumarkt oder irgendein Zettel, auf dem stand, dass eine entlaufene Katze gesucht wurde. Kein Grund jedenfalls, das Buch *Amerika in Wort und Bild – Das neunzehnte Jahrhundert* wegzulegen und nach unten zu laufen. Linus las gerade das Kapitel über die Pioniere. Die hatten vielleicht Mut! Machten Sachen, die noch keiner vor ihnen gemacht hatte. Zum Beispiel den amerikanischen Westen besiedeln, wo das Leben beinhart war und überall feindliche Indianerstämme lauerten.
Obwohl, in Ordnung war das nicht, denn die Indianer hatten schon immer dort gelebt und sollten jetzt auf einmal abhauen. Abhauen oder abgeknallt werden, darauf lief es hinauf. Meistens aufs Abgeknalltwerden.
Eine himmelschreiende Ungerechtigkeit. Dennoch stellte Linus sich gern vor, er wäre so ein Pionier. Einer, dessen ganze Familie – Vater, Mutter, Schwester – von blutrünstigen Indianern umgebracht worden war, die auch gleich noch das Haus und den Kuhstall niedergebrannt hatten, sodass er nur noch ein rostiges Gewehr und sein Pferd hatte und fortan als Cowboy ohne Kühe über die Prärie reiten musste.

Prärien gab es in Drente nicht, nur kleine Orte wie Veenholten und ab und zu ein Hünengrab. Dazu Wälder und Heideflächen.

»Linus, wir essen!« Die Stimme seiner Mutter. »Und ich hab was für dich!«
Linus legte das Buch weg und ging ohne Eile die Treppe runter. Seine Mutter hatte öfter mal »was« für ihn, aber meistens war es nichts Aufregendes.
»Hier.«
Sie reichte ihm ein zusammengefaltetes und zugeklebtes Blatt. Linus stand darauf. Eine Seite aus einem Schulheft war es. Eine Seite aus *seinem* Heft. Das erkannte er daran, dass eine Ecke fehlte, weil er die Seite zu hastig rausgerissen hatte.
Langsam und vorsichtig zog Linus den Klebefilm ab, obwohl in ihm ein Tornado wütete. Endlich eine Antwort!
»Was Wichtiges?«, fragte seine Mutter.
Mila hatte seine Fragen nicht beantwortet, dafür stand unten auf dem Blatt:

Morgen Nachmittag, drei Uhr, Eschenwall 12.

»Wer schreibt dir denn?«, fragte die Mutter.
»Ach, bloß Elias«, murmelte Linus, faltete das Blatt mehrmals zusammen und schob es in die hintere Hosentasche.
Warum log er?
Weil es ihm nötig erschien. Jedenfalls besser. Besser für wen oder was, das hätte er allerdings nicht sagen können.

Spinnen beobachten

Jetzt wusste er immer noch nicht, was Mila von ihm wollte. Erst morgen würde er es erfahren. Warum hatte sie nicht geschrieben: Heute Abend, sieben Uhr? Dann hätte er die Minuten zählen können, von jetzt an noch etwa sechzig. Stattdessen musste er nicht nur das Essen, sondern den ganzen Abend, die Nacht und den langen Mittwochvormittag in der Schule herumkriegen.
Eines aber war gut: Mila dachte nicht mehr, dass er Elias hieß. »Linus« hatte auf dem Blatt gestanden: sein Name!
Vielleicht sollte er es wieder einmal mit Tagebuchschreiben versuchen. Jetzt gab es ja etwas Spannendes zu berichten. Früher war das nicht so gewesen, darum hatte er das neue Hobby schnell wieder aufgegeben.
Nach dem Abendessen suchte Linus in seinem Zimmer nach dem schwarz eingebundenen Heft, in das er vor einem halben Jahr ein paar Eintragungen gemacht hatte.
Er fand es weit unten in einer Schublade. Linus schlug die erste Seite auf.

Das bewegte und abenteuerliche Leben des Linus Homan,
11 Jahre, 1 Monat, 7 Tage und fast 13 Stunden alt.

Er blätterte um.

Profil von Linus Homan:

Wohnhaft:	Reiherstraße 14, Veenholten, Drente, Niederlande, Europa, Welt, Milchstraße, Universum, Schwarzes Loch.
Eltern:	2.
Vater:	Edmund Homan. Arbeitet bei der Provinzverwaltung in Assen.
Mutter:	Tina Homan. Arbeitet im Wohn- und Pflegeheim »Sonnenstrahl«.
Geschwister:	1. Marlies (Schwester).
Haustiere:	1. Flossi (Goldfisch).
Freunde:	Viele.
Hobbys:	Tagebuchschreiben. Naturfilme. Natur selber auch. Spinnen beobachten. Die Urzeit. Briefmarken aus der Republik Kiribati. Comics zeichnen.

Das mit den Briefmarken war eigentlich schon damals kein Hobby mehr. Linus hatte es nur für den Fall erwähnt, dass jemand in hundert Jahren sein Tagebuch in die Hände bekäme und dann denken würde: Wow, Briefmarken aus der Republik Kiribati, ist ja voll cool! Und auch das mit den Spinnen stimmte nicht wirklich, hörte sich aber cool an. Auf der nächsten Seite ging dann das eigentliche Tagebuch los.

Heute in der Schule gewesen. Frau Gerke hatte Kopfschmerzen, darum sollten wir ganz leise sein. Was alle machten, außer Lars und Ricardo. Nach der Schule mit Elias im Supermarkt, weil er einkaufen musste. Dann bei Elias **Stratego** gespielt. Nach Hause gegangen. Zum Abendessen Kartoffeln, Frikadellen und Blumenkohl mit weißer Soße. Die Soße war lecker. Blumenkohl ist eher was für Serienmörder, die Messerstiche üben wollen. Tagebuch geschrieben. Immer noch am Tagebuchschreiben.

Linus blätterte um. Nichts mehr. Und dafür gab es einen guten Grund. Er wohnte in einem ganz normalen Haus, einer Doppelhaushälfte, um genau zu sein, in einer stinknormalen Straße im langweiligsten Dorf des Landes, hatte total normale Eltern und eine Schwester, wie tausend andere auch eine hatten. An seiner Schule war ebenfalls nichts Besonderes, und schon gar nicht an seinen Freunden Elias, Finn, Jannis und noch ein paar anderen.
Kein Problem weit und breit. Und vielleicht war gerade *das* das Problem. Aber man konnte sich ja nicht Probleme herbeiwünschen, nur um Stoff für sein Tagebuch zu haben. Außerdem: Wenn man die Probleme erst einmal hatte, dann wollte man sie so schnell wie möglich wieder loswerden.

Linus schlug das Tagebuch zu, legte es zurück in die Schreibtischschublade und ging ins Badezimmer. Dort stellte er sich vor den Spiegel.
War irgendetwas Besonderes an ihm, weil er Mila aufgefallen war? Hm, nichts zu sehen. Gesicht ganz normal. Und das blieb hoffentlich so. Linus hatte einmal ein Foto von seinem Vater gesehen, als der in der Pubertät war. Das Gesicht war voll verpickelt. Mit Pickeln war man echt angeschmiert. Aber

womöglich war sein Vater ja gar nicht sein richtiger Vater. Wer weiß, vielleicht hatte seine Mutter vor vielen Jahren mal etwas mit einem orientalischen Prinzen, einem texanischen Ölbaron oder einem Spieler der Fußball-Nationalmannschaft gehabt. Man müsste mal vorsichtig nachfragen ...

Der Abend, die Nacht und der Vormittag in der Schule gingen vorbei, als wäre alles ganz normal – nur dauerten sie viel länger als sonst.
Auffällig war, dass Mila ihn komplett ignorierte. Als hätte sie ihm nie eine Nachricht zukommen lassen, die lautete: Morgen Nachmittag, drei Uhr, Eschenwall 12.
Hatte sie überhaupt ihn gemeint? Oder ihn am Ende wieder mit jemandem verwechselt?
Irgendetwas müsste ihr doch anzumerken sein. Aber nein, da war kein Augenzwinkern, kein geheimnisvolles Lächeln, kein verschwörerischer Blick. Nicht einmal ein ganz normaler Blick.

Und dann war es endlich kurz vor drei.

Pavianschrei

Eschenwall 12: Linus war am Ziel. Er ging durch den Vorgarten auf die Tür zu. Im Nachbarhaus stand eine alte Frau am Fenster und winkte. Linus hob kurz die Hand. Wahrscheinlich hatte die Hutzel-Oma nichts Besseres zu tun, als den ganzen Tag aus dem Fenster zu gucken und irgendwelchen Leuten zuzuwinken. Ganz anders als er, der sehr wohl etwas Besseres zu tun hatte: Er ging zu einer Verabredung mit Mila Romein!

Mila wollte etwas von ihm, und gleich würde er hören, was es war. Etwas Besseres gab es auf der ganzen Welt nicht.

Linus hob gerade die Hand, um auf die Klingel zu drücken, als die Tür aufging. Und da stand sie: Mila in höchsteigener Person. Mit ihm, vor ihm, ihm gegenüber.

»Du bist pünktlich«, lautete ihre Begrüßung.

Linus folgte ihr ins Haus. Sie steuerte gleich auf die Treppe zu.

»Ist bei euch niemand zu Hause?«, fragte er.

»*Ich* bin zu Hause«, antwortete Mila.

Linus sah ihr Gesicht nicht, weil sie vor ihm herging, dafür ihren Rücken. Und der sagte: *Stell keine blöden Fragen, sonst bist du ratzfatz wieder draußen!*

Das Haus war kleiner, als es von außen gewirkt hatte. Vom oberen Flur gingen drei Türen ab. Die erste führte ins Badezimmer, was an dem Schieberegler zu erkennen war, den man

auf rot oder grün stellen konnte. Mila öffnete die nächste Tür und ging hinein.
Linus trat ebenfalls ein. Ohne mit der Wimper zu zucken, obwohl er noch nie in einem Mädchenzimmer gewesen war. Außer in dem von Marlies. Aber Marlies zählte nicht, denn die war kein *Mädchen*, sondern eine *Schwester*.
Es war ein sehr ordentliches Zimmer. Linus sah ein Bett, einen Ohrensessel, einen aufgeräumten Schreibtisch, eine altmodische Stehlampe, einen großen Schrank mit Türen und Schubladen und ein Regal voller Bücher. An der Wand hing ein Poster mit einer Herde Ponys, die mit wehenden Mähnen durch hochspritzendes Wasser rannten. Und dann gab es noch einen ganzen Zoo an Plüschtieren: einen rosa Dinosaurier, ein lila Nashorn, eine grün-gelb-schwarz geringelte Riesenschlange, einen orangen Tiger, einen gelben Affen und noch etliche mehr. Niedliche Plüschtiere waren so ziemlich das Letzte, was Linus bei einem Mädchen wie Mila erwartet hatte. Action-Figuren und Boxhandschuhe würden viel besser zu ihr passen, vielleicht sogar eine Jagdausrüstung.
Plötzlich merkte er, dass Mila ihn beobachtete.
»Na, alles gesehen?«, fragte sie.
Linus machte den Mund zu und nickte.
»Dann setz dich hin«, sagte Mila und ließ sich selbst aufs Bett plumpsen.
Linus setzte sich in den Ohrensessel. Ganz gelassen. Jetzt bloß nicht nervös werden. Mila durfte auf keinen Fall merken, dass es für ihn etwas Besonderes war, hier zu sein. Und dass er darauf brannte, endlich zu erfahren, was sie von ihm wollte. Er musste den Anschein erwecken, dass ihn das nicht sonderlich

interessierte. Auch wenn es Stunden dauern sollte, bis sie damit herausrückte – er würde ganz gewiss nicht fragen.
»Du kannst vielleicht Mitglied in einem Geheimclub werden«, sagte Mila.
Umkippen war nicht drin, dafür war die Sessellehne zu hoch.
»Vielleicht«, wiederholte sie mit Betonung. »Sicher ist das noch nicht.«
»Aber ich … äh … warum …? Was für ein Club ist denn das?«
»Dazu kann ich nichts sagen, das ist geheim«, antwortete Mila.
»Wie soll ich dann wissen, ob ich will?«
»Es geht vor allem darum, ob der Club *dich* will.«
»Und wovon hängt das ab?«
»Erst einmal von deinen Antworten auf der Frageliste. Eine Eins hast du nicht geschafft, eher eine Zwei bis Drei. Aber das hat für den nächsten Schritt gereicht.«
»Welchen nächsten Schritt?«
»Dass du hier bist.«

Sekundenlang blieb es still. Linus hielt den Blick auf das Poster mit den Ponys gerichtet und spähte zwischendurch aus dem Augenwinkel zu Mila, die ihn unentwegt ansah. Er konnte doch nicht einfach Ja sagen, wenn er keine Ahnung hatte, um was für einen Club es sich handelte. Oder doch? Im Grunde ist es egal, was für ein Club es ist, dachte er, Hauptsache, sie wollen mich dabeihaben. Sie – die vom Club. Mich – Linus Homan.
»Wer gehört denn sonst noch dazu?«, fragte er.
Mila stieß einen Pavianschrei aus.

»Das wüsstest du gern, was? Kann ich mir vorstellen. Aber so weit sind wir noch nicht. Vorher kommen noch die Tests.«
»Ich muss doch was über diesen Club wissen, bevor …«
»Musst du nicht. Und du brauchst auch nicht mitzumachen, wenn du nicht willst. Geh ruhig nach Hause, ich halte dich hier nicht gefangen.«
Das Problem war, dass sie genau das tat. Die Tür war zwar nicht abgeschlossen, trotzdem konnte Linus unmöglich gehen.

Eulen fangen

»Du musst übrigens nicht sofort entscheiden, ob du mitmachen willst«, sagte Mila. »Denk in Ruhe darüber nach.«
»Wie lange hab ich Zeit dafür?«
Sie zuckte die Schultern. »Solange du willst. Aber es könnte natürlich sein, dass wir bis dahin jemand anderen haben.«
»Und warum werde ich als Erster gefragt? Was ist so …« Er suchte nach dem richtigen Wort. »… so … äh … gut an mir?«
Linus spürte, dass ihm die Röte in die Wangen schoss. »Gut für den Club, meine ich.«
Mila lächelte. »Wir halten dich für geeignet«, sagte sie.
Linus rannte ins Freie, schwang sich wie Tarzan von einem Laternenpfahl zum anderen und stieß dabei den typischen Tarzanruf aus: A-uwah-uwaaah-uwah-u-waaah! Allerdings nur in Gedanken.
Geeignet war er. Wofür, wusste er nicht, aber das war jetzt erstmal egal. Er würde allen davon erzählen. – Halt! Das durfte er nicht. Der Club war ja geheim. Milas Handy klingelte.
»Hallo, Oma«, sagte sie.
Sie hatte eine Oma …
Mit der Oma am Ohr und den vielen Plüschtieren hinter ihr auf dem Bett wirkte Mila viel netter, nicht so tyrannosaurus-rexig wie in der Schule. Fast so, dass man sie mal eben wie ein Plüschtier in den Arm nehmen wollte. Aber dann würde

sie garantiert die Stacheln aufstellen. Abgesehen davon, dass er sich das niemals trauen würde.
»Das geht nicht, weil ich gerade Besuch hab«, unterbrach Milas Stimme seine Gedanken.
»Ach so … ja dann … ich frag ihn. Bis gleich.«
Sie drückte die Aus-Taste und stand auf. »Meine Oma hat Plätzchen gebacken und fragt, ob ich vorbeikomme. Du kannst mit, wenn du willst.«
Plätzchen? Wer backte denn Plätzchen, wenn nicht gerade Weihnachten war? Das hörte sich schwer nach einem Hexenmärchen an.

Auf dem Weg durch den Vorgarten sah Linus sich verstohlen um, womöglich lauerte der böse Wolf hinter einem Busch. Viel Zeit hätte der aber für seinen Auftritt nicht gehabt, denn Mila steuerte schon auf das angrenzende Haus zu, aus dessen Fenster vorhin die alte Schachtel gewinkt hatte. Sie zog einen Schlüssel aus der Tasche und schloss die Haustür auf.
Schon im Flur duftete es schleckermäulig-schmackofatzig. Milas Oma hatte tatsächlich gebacken. Die Plätzchen waren kein Geheimwort für etwas anderes, wie Linus kurz vermutet hatte, weil er dachte, die Oma gehöre vielleicht zu dem Geheimclub. Was durchaus hätte sein können. In dem Fall hätte »Plätzchen backen« geheißen: »Wir treffen uns um Mitternacht, tanzen drei Mal um einen Kreis aus brennenden Fackeln, und danach fangen wir Eulen, die wir den Göttern der Nacht opfern.«
Mila machte eine Tür auf.
Die Küche.

»Hallo, mein Liebes«, sagte die Oma. Und zu Linus: »Herzlich willkommen, ich bin Anneliese.«
Anneliese? Er konnte doch nicht zu einer so alten Frau Anneliese sagen.
»Und wie steht's mit dir, Junge mit dem verdutzten Gesicht? Hast du auch einen Namen?«
»Äh … Linus.«
»Ich sag Oma zu ihr. Alle anderen müssen Anneliese sagen«, erklärte Mila.
»Mila will das so, keine Ahnung, warum. Ich selber finde das Wort grässlich. Wie sich das schon anhört: Ooooo-m-aaaaa!«
»Ein bisschen wie Indianergeheul«, sagte Linus.
Anneliese lachte. »Indianergeheul, das ist gut!« Sie schlug sich mit der flachen Hand an den Mund und rief dabei »Ooooo-m-aaaaa!«, so laut, dass der Häuptling drei Bergketten weiter es hören konnte.
Einführung gelungen! Die Oma schien weniger schwierig zu sein als Mila.
Sie trug eine dunkle Jeans und eine rosa Bluse. Ihr halblanges Haar in unterschiedlichen Grautönen sah etwas unordentlich aus. Aber schön unordentlich. So als dürften die Haare tun und lassen, was sie wollten. Genauso wie die Falten in ihrem Gesicht, die verliefen auch kreuz und quer.
Mila und Linus setzten sich an den orangefarbenen Küchentisch, der die Form einer Banane hatte. Darauf stand ein Teller mit Plätzchen.
»Haferplätzchen, bedient euch«, sagte Anneliese.
Und weil sie nicht dazusagte, jeder dürfe höchstens zwei neh-

men, aß Linus gleich sieben. Sie schmeckten so gut, dass er noch zwanzig weitere hätte verdrücken können.

»Mila geht mir hier und da zur Hand«, sagte Anneliese. »Post wegbringen, Rechnungen überweisen und der ganze Computerkram, weil ich … oh, schaut mal, was ist denn das für ein Vogel?« Sie deutete zum Fenster.

»Ein Eichelhäher«, antwortete Mila. »Oma hat eine Brille, aber sie setzt sie nie auf.«

»Mit dem Ding fühlt man sich gleich so alt«, sagte Anneliese. »Ich jedenfalls. Mit einer Brille auf der Nase sehe ich aus wie eine spießige Alte, und die Leute nennen mich *Frau van Gunsteren.*«

»Das sagen sie auch ohne Brille«, wandte Mila ein.

»Ja, aber aus Höflichkeit und nicht, weil ich so spießig aussehe.«

Auf dem Teller lag noch ein einziges Plätzchen.

Linus dachte an seine beiden Omas und an seinen Opa. Opa und Oma de Waal sah er nur selten, weil sie in Haarlem wohnten, also gut zwei Autostunden entfernt. Oma Meppel wohnte in Meppel, was näher war, aber auch sie sah er nur alle paar Wochen. Und alle drei trugen Brillen.

Anneliese nahm das letzte Plätzchen und biss hinein.

»So«, sagte sie schmatzend. »Die sind alle. Wie wär's, wenn ihr mir jetzt ein bisschen helft?«

Zahmer Hecht

Linus überquerte den Hartriegelweg, der nicht anders aussah als sonst. Trotzdem war eine Veränderung vorgegangen, und zwar mit ihm, Linus Homan. Er war jemand geworden, der – wie sollte er das ausdrücken? – der mit Mila befreundet war und der deren Oma Anneliese nennen durfte.
Ein seltsames Gefühl war das. Ziemlich seltsam sogar. Aber gut!

Sie hatten Anneliese bei diesem und jenem geholfen. Eine Mail an die Verbraucherberatung geschickt, eine Spende für ein Hilfsprojekt in Brasilien überwiesen, die Mailbox aufgeräumt, bei eBay nach einem ganz bestimmten Handtuchhalter gesucht und noch einiges andere.
Als Linus nach Hause musste, brachte Mila ihn zur Tür.
»Oma kann das alles eigentlich selber«, sagte sie. »Sie stellt sich nur ein bisschen an, weil sie gern Gesellschaft hat.«
Linus nickte. »Dann bis morgen«, sagte er.
»Überlegst du dir das mit dem Club?«
»Mach ich. Und warte mal … redest du morgen in der Schule wieder nicht mit mir?«
So. Er hatte sich getraut. Damit war er bei einer Zwei angelangt. Mit Tendenz zur Eins. »Klar doch. Ich tu bloß nicht so, als ob wir dick befreundet wären.«

»Verstehe«, sagte Linus, obwohl er nicht wusste, wie der Satz gemeint war. Waren sie wirklich nicht dick befreundet oder waren sie es eigentlich doch, aber es durfte keiner wissen, weil es um eine Geheimsache ging?
Auch darüber würde er nachdenken müssen.

»Gib mir mal die Bratensoße«, sagte Linus' Vater. Die Kartoffeln im Topf dampften so, dass er nur undeutlich zu sehen war. Linus' Mutter reichte ihm die Soße.
»Ein unglaubliches Theater ist das, seit die neuen Richtlinien in Kraft sind«, fuhr er fort. »Alle regen sich darüber auf, bis auf den blöden Dekker natürlich.«
»Warum ist Dekker denn blöd? Ist Dekker wirklich so blöd? Blöder Dekker …«
Marlies war schon sieben, sprudelte aber noch immer alles, was sie dachte, gleich heraus.
»Ist denn etwas vorgefallen im Büro?«, erkundigte sich Linus' Mutter.
Daraufhin erzählte der Vater, dass Dekker, der Abteilungsleiter, ihn und seine Kollegen dauernd kontrollierte und darüber seine eigentlichen Aufgaben vernachlässigte.
Die Mutter warf hin und wieder ein »Ach« und »Oje« oder »Tja« ein.
Danach fragte Linus' Vater, wie ihr Tag im Heim gelaufen sei.
»Frau van Zandte hat sich wieder geweigert, ihre Tabletten zu nehmen, dabei braucht sie die dringend. ›Lasst mich doch einfach sterben‹, hat sie gesagt. Tja, was soll man da machen?«
Dann ging es eine Weile um alte Leute und darum, wie wich-

tig es war, seine Medikamente regelmäßig zu nehmen. Ein Thema, das Linus normalerweise gelangweilt hätte. Heute aber nicht, weil ihn andere, viel interessantere Dinge beschäftigten. Insbesondere die Frage, ob er diesem Geheimclub beitreten sollte, ohne Genaueres über ihn zu wissen.

Ja – nein – ja – nein …

Ja, auf jeden Fall.

Nein, auf keinen Fall.

Schluss damit. Er würde es machen. Weil er gar nicht anders *konnte*. Weil er sonst das Gefühl hätte, etwas wahnsinnig Aufregendes verpasst zu haben. Aber er würde nicht gleich Ja sagen, sondern diese vorlaute Mila erst noch ein Weilchen schmoren lassen. Sie sollte bloß nicht glauben, sie hätte einen zahmen Hecht an der Angel.

»Die meisten Autofahrer sind gemeingefährlich«, hörte er seinen Vater sagen. Anscheinend hatten seine Eltern das Thema gewechselt. »Wenn ich morgens bei der Arbeit ankomme, bin ich völlig mit den Nerven runter.«

»Dann fahr doch mit dem Rad«, sagte Linus' Mutter. »So weit ist es ja nicht, höchstens eine halbe Stunde. Und du tust was für deine Kondition.«

»Geh mir weg mit der Kondition! Sag lieber, ob es noch Nachtisch gibt.« Er schaute auf seine Armbanduhr. Linus' Vater hatte mittwochabends einen Kurs und wollte vorher noch ein wenig »verdauen«, wie er es nannte. Dazu legte er sich aufs Sofa, machte den Gürtel und den Hosenknopf auf und hörte über Kopfhörer Queen oder Pink Floyd.

»Linus, denkst du bitte an Flossi?«, sagte die Mutter, als sie den Vanillepudding aufgegessen hatten. Linus war bereits aufgestanden, um nach oben zu gehen.
Stimmt. Diese Woche war er dran. Marlies und er hatten unbedingt ein Haustier haben wollen und letztes Jahr zu Weihnachten endlich eines bekommen: einen Goldfisch, den sie Flossi getauft hatten und der in einem Glas mit einer Burgruine aus Plastik herumschwamm. Seitdem kümmerten sie sich abwechselnd um Flossi, vergaßen es aber öfter mal, sodass die Mutter mahnen musste.
Linus hätte lieber einen Hund gehabt, aber das wollte er nicht sagen. Seine Mutter war so stolz auf das Geschenk gewesen, sie hatte regelrecht gestrahlt. Und auch sein Vater schien überzeugt davon, ihm und Marlies eine Riesenfreude gemacht zu haben.
An Geschenken rumzunörgeln gehörte sich nun einmal nicht. Dann wurde man schnell für undankbar gehalten. Außerdem war Flossi ein wirklich netter Fisch, soweit Goldfische nett sein können.
Als Linus die Flocken ins Wasser streute und Flossi gierig danach schnappte, stieg plötzlich ein Gedanke in ihm auf: Was, wenn Mila schon heute Abend jemand anderen wegen des Clubs fragte? Gut vorstellbar, denn sie war keine, die geduldig im Ohrensessel abwartete.
Sekunden später war Linus unten im Flur und riss seine Jacke von der Garderobe.
»Ich muss noch eben zu Elias, bin gleich wieder da!«, rief er.

Bisonbraten

Reiherstraße, Kuckucksstraße, Schlehdornstraße, Hartriegelweg, Ackerweg, Ecke Eschenwall – Stopp! Linus beugte sich vor, stützte die Ellbogen auf die Schenkel und keuchte.

Als er wieder zu Atem gekommen war, ging er zum Haus Nummer 12 und klingelte. Eine Frau öffnete, wahrscheinlich Milas Mutter. Sie hatte lange dunkle Haare mit grauen Strähnen.

»Hallo, ich bin …«, setzte Linus an.

»Mila, Besuch für dich!«, rief die Frau über ihre Schulter. Sie lächelte, allerdings ein wenig gezwungen, sodass Linus das Gefühl hatte, ungelegen zu kommen. Dann stand auch schon Mila vor ihm.

»Du bist ja ganz verschwitzt«, stellte sie fest. »Bist du gerannt?«

»Ja, mir war gerade danach«, antwortete Linus. »Manchmal braucht man das, ein bisschen Action.«

Was redete er da nur für einen Blödsinn?

Aber anscheinend war es wirkungsvoller Blödsinn, denn Mila nickte. »Kommst du wegen des Clubs?«, fragte sie. »Hast du es dir überlegt?«

»Ja.« Linus nickte eifrig. »Ich hab mich entschieden.«

»Und?«

Er trommelte sich an die Brust.

Mila verzog keine Miene, sah ihn nur abwartend an.

»Also: Ich mach mit«, sagte er.
»Gut.« Weder strahlte Mila übers ganze Gesicht, noch machte sie einen Luftsprung, und sie hob auch nicht die rechte Hand in die Höhe, um ihm ein *High Five* anzubieten. Aber dass sie sich freute, war trotzdem zu merken, denn sie guckte irgendwie zufrieden.
»Und wie geht es jetzt weiter?«, fragte Linus.
»Als Erstes brauchen wir eine Auflistung aller verbotenen Sachen, die du jemals gemacht hast. Und aller schlechten, also Sachen, die andere Leute schlecht finden.« Das sagte sie, als wäre es völlig normal, sozusagen eine Voraussetzung für jede Clubmitgliedschaft. Im Fußballverein hatte keiner nach einer solchen Liste gefragt. Und auch nicht beim Judoclub, in dem Linus bis kurz vor der Prüfung zum orangen Gürtel gewesen war.
»Wozu soll das gut sein?«, fragte Linus.
»Wir müssen wissen, mit wem wir es zu tun haben. Dazu ist es wichtig, auch deine dunklen Seiten zu kennen.«
Dunkle Seiten, das hörte sich ernst an. Fast schon ein bisschen unheimlich.
»Warum ist das wichtig?«
»Komm einfach wieder, wenn du alles aufgelistet hast«, beschied Mila ihm.
Puh, das war ja vertrackt! Wenn er eine ganz kurze Liste abgäbe, würden die vom Club ihn für brav und langweilig halten. Schrieb er aber viel auf, dann wüssten sie Dinge über ihn, die er lieber für sich behalten würde. Und was würden sie mit der Liste anfangen? Sie in die Zeitung setzen womöglich?

»Was auch immer du aufschreibst, ist natürlich streng vertraulich«, sagte Mila, die anscheinend Gedanken lesen konnte. »Ich kann's dir gern schwören, wenn du willst. Oder in einen Vertrag schreiben.«
Aus dem Augenwinkel sah Linus eine Bewegung. Er schaute zum Nachbarhaus hinüber. Anneliese stand am Fenster und winkte. Linus und Mila winkten gleichzeitig zurück. Als Anneliese eine Geste machte, dass sie rüberkommen sollten, schüttelte Mila den Kopf. »Morgen!«, rief sie, die Hände wie einen Trichter an den Mund gelegt.
»Ob sie wieder Plätzchen gebacken hat?« Es rutschte ihm heraus, ehe er sich's versah.
»Geh hin und frag sie«, meinte Mila schulterzuckend. »Alle finden meine Oma nett. Das kenn ich schon.«
Er konnte doch nicht ohne Mila zu deren Oma gehen, oder? Schließlich kannte er sie kaum. Nein, lieber nach Hause. Und überlegen, was er aufschreiben wollte. Es konnte ja nicht schaden, solch eine Liste anzulegen. Aber aus der Hand geben würde er sie auf keinen Fall.

Linus schlenderte nach Hause. Zählte es wohl auch, wenn man jemandem etwas Schlechtes gewünscht hatte? Er hatte zum Beispiel Lars einmal gewünscht, dass er sich das Bein zwanzigfach brechen sollte, damit er nie mehr Fußball spielen konnte. War das schlecht, obwohl es nur ein Gedanke war?
Wenn jeder böse Gedanke mitzählte, kam ganz schön was zusammen, dann war er durch und durch schlecht und hatte mehr als nur eine dunkle Seite. Nein, es ging nur um Dinge,

die er tatsächlich getan hatte. Um verbotene Sachen. Und Gedanken waren nicht verboten.
Aber selbst dann gab es noch genug aufzuschreiben. So einiges hätte Linus lieber vergessen, weil er schon bei der Erinnerung daran vor Scham verging.
Zu Hause angekommen, zog er sich gleich in sein Zimmer zurück, nahm ein Blatt zur Hand und fing an zu schreiben.

1. Ich habe gelogen.
2. Ich habe gestohlen.
3. Ich habe ein Vogelnest ausgenommen.
4. Ich habe mich über Carola lustig gemacht.
5. Ich habe Sachen kaputt gemacht.

Linus faltete das Blatt zusammen und legte es in sein schwarzes Heft. Fünf Punkte, das war doch ganz stattlich. Eigentlich schade, dass er Mila die Liste nicht geben würde. Schlecht sein, so ein bisschen jedenfalls, das hatte was. Und es gab ja auch Situationen, in denen man gar nicht anders konnte. Wenn man zum Beispiel über die Prärie ritt und einen der Hunger plagte. Dann stahl man eben hier und da etwas, nahm Vogelnester aus oder schoss notfalls sogar einen Bison ab und briet ihn überm Lagerfeuer – nur so kam man über die Runden.

Kreischende Pinguine

»Hast du die Liste fertig?«, fragte Mila am nächsten Morgen. Anscheinend hatte sie am Schultor auf ihn gewartet.

»Hab noch keine Zeit gehabt.« Sie sollte bloß nicht denken, dieser Club wäre ihm so wichtig, dass er deswegen alles andere stehen und liegen ließ. Und außerdem: Auf die Liste konnte sie lange warten. Die bekam sie nicht.

»Ach, ich dachte, bei dir geht das schnell. Aber vielleicht täusch ich mich ja und du bist ein echter *Bad Boy* und hast ganz viel aufzuschreiben.« Sie verzog den Mund zu einem spöttischen Lachen. Dann drehte sie sich um und ging davon.

»Was wollte Mila von dir?«, fragte Elias, der plötzlich neben Linus auftauchte.

»Warum sollte sie was von mir wollen?«

»Weil sie mit dir redet.«

»Warum sollte sie nicht mit mir reden?«

»Weil du …« Elias zuckte die Schultern. »Weil du nicht ihr Typ bist, darum.«

»Ach? Und wer *ist* deiner Meinung nach ihr Typ?«

Elias gab keine Antwort. Linus folgte seinem Blick und sah, wie Mila zum Klettergerüst ging, sich dort an einen Holzpfahl lehnte und den anderen zuschaute.

»Niemand, wenn du mich fragst«, sagte Elias.

Da war was dran. Mila hielt sich meistens abseits. Linus vermutete, dass sie ihre Mitschüler albern und kindisch fand. Aber er hatte sie auch noch nie zusammen mit älteren, cooleren Schülern gesehen. Vielleicht, weil alle ein wenig Angst vor ihr hatten.

Während Herr Allard in Erdkunde über die Gasblase im Untergrund der Niederlande sprach, schrieb Linus seine Liste noch einmal, jetzt aus dem Gedächtnis und in sein Schulheft. Bestimmt hielt Mila ihn für einen schlappen Waschlappen, aber da war sie auf dem Holzweg: Die Liste würde es beweisen! Entschlossen riss Linus die Seite aus dem Heft und faltete sie so oft zusammen, bis es nicht mehr weiter ging und er ein winziges Päckchen vor sich liegen hatte. Er schloss die Faust darum.

Wenn er gut zielte, würde es auf ihrem Schoß landen. Nachteil: Die anderen kriegten es mit. Und würden später wissen wollen, was er Mila geschrieben hatte.

Also lieber bis zur Pause warten. Das Päckchen hüpfte ungeduldig in seiner Faust herum, so jedenfalls kam es ihm vor. Gab es nicht doch eine Möglichkeit, es Mila jetzt gleich zukommen zu lassen?

»Die Erdkruste verschiebt sich ständig«, sagte Herr Allard. »Das müsst ihr euch so vorstellen wie bei einem Tischtuch. Wo heute die Wüste Sahara liegt, da waren früher die Niederlan… Linus, was tust du da?«

Linus stand neben seinem Tisch.

»Bloß einen Stift zurückgeben.« Und schon drehte er sich zu Mila um.

Alle Blicke waren auf ihn gerichtet. »Da, dein Stift«, sagte er lässig zu ihr und fühlte sich wie Mister Megacool.
Sie starrte auf den Stift auf ihrem Tisch, und als er im nächsten Moment mit einer blitzschnellen Bewegung das Zettelpäckchen auf ihren Schoß warf, fielen ihr fast die Augen aus dem Kopf.
»Idiot!«, zischte sie ihm zu.
»Sind Sie dann fertig mit Ihren wichtigen Tätigkeiten, Herr Homan?«, fragte der Lehrer. »Kann ich weitermachen?«
»Klar, machen Sie nur.« Linus drehte sich um und setzte sich wieder. »Ich finde das wahnsinnig interessant, echt.«
Den letzten Satz hätte er sich besser verkniffen, wie sich sogleich erwies.
»Wenn das so interessant ist, dann wiederhole doch bitte, was ich über die Gasblase und über das Salz gesagt habe«, forderte Herr Allard ihn auf.
Salz? Von Salz hatte Linus nichts mitbekommen.
»Salz … ja.«
»Wie kommt es, dass der Boden hier einen so hohen Salzgehalt hat?«
»Das kommt, weil letzten Winter ziemlich viel gestreut worden ist.«
Wieherndes Gelächter.
War wohl die falsche Antwort. Egal, grinsen und sich nichts anmerken lassen, dann glaubten die anderen, er hätte das mit Absicht gesagt. Bad Boy, der er war!
»Schreib auf, Linus«, sagte Herr Allard: »Vor Millionen Jahren fuhren hier noch keine Streuwagen. Vor Millionen Jahren

lag unser Land unter dem Meeresspiegel und … Aufschreiben, hab ich gesagt! Warum schreibst du nicht?«
»Ich … äh … hab keinen Stift.«
»Hier, nimm meinen!«, rief Lars. Und schon sauste ein Stift an Linus' Kopf vorbei.
»Oder meinen!«, rief Jasper. Der nächste Stift traf Linus' Wange – autsch! – und fiel zu Boden.
Linus hob ihn auf und schmiss ihn zurück.
Daraufhin flogen noch mehr Stifte hin und her.
Herr Allard breitete die Arme aus.
»Okay, wie ihr wollt. Dann leg ich mich eine Weile an den Strand, tschüss!« Nach diesen Worten verließ er das Klassenzimmer und knallte die Tür hinter sich zu.

»Sie sind ja gar nicht braun geworden!«, rief Ricardo, als der Lehrer eine halbe Minute später wieder ins Zimmer kam, das inzwischen einer Eisscholle voller kreischender Pinguine glich. Linus hielt sich aus dem wilden Durcheinander heraus. Er hatte sich vorgenommen, nicht gleich wieder durch Frechheiten aufzufallen. Cool und bad zu sein war etwas, an das er sich erst gewöhnen musste.
Und einen Blick zum Tisch hinter sich riskierte er auch nicht, sosehr ihn die Frage beschäftigte, was Mila gerade für ein Gesicht machte.

Schiefes Schwein

»Spiel dich nicht so in den Vordergrund«, sagte sie in der großen Pause, nachdem sie erst einen weiten Bogen um ihn gemacht hatte und dann wie zufällig zu ihm hingeschlendert war. »Es geht um eine Geheimsache, falls du dich erinnerst.«
»Das musst *du* gerade sagen! Wer hat denn am Dienstag das Blatt auf meinen Tisch gelegt, sodass jeder es sehen konnte?«
»Das war ein Fehler. Ich war ungeduldig, darum hab ich nicht nachgedacht. So was darf uns nicht noch mal passieren.« Und sie schlenderte weiter.
Es war zum Auswachsen! Da war endlich mal etwas Interessantes los, und dann durfte er nicht darüber reden. Mit keinem Menschen. Welchen Sinn hatte es, etwas Interessantes zu erleben, wenn man es für sich behalten musste?
Zum Ärgern blieb ihm aber keine Zeit, denn Jannis versetzte ihm einen Schubs und rief »Linus ist verli-hiebt, Linus ist verli-hiebt!« Dann rannte er weiter, sodass Linus die Verfolgung aufnehmen musste, um ihm eins auf die Mütze zu geben. Aber dazu kam es nicht, weil er Jannis nicht einholte.
Den Rest der Pause über spielte er mit ein paar anderen Fußball.
Ich war ungeduldig. Dieser Satz ging ihm den ganzen Tag nicht mehr aus dem Kopf. Wie hatte Mila das gemeint? Wollte sie ihn so gern in ihrem Club haben, dass sie es einfach nicht

mehr erwarten konnte? Oder brauchte der Club ihn furchtbar dringend? Wie auch immer, Milas Ungeduld verursachte ihm ein angenehmes Bauchkribbeln.
Und sie hatte »uns« gesagt: So was darf *uns* nicht noch mal passieren. Es gab also ein »uns« und damit ein »wir«. Ein »wir«, bestehend aus ihm und Mila!

Im Licht der Straßenlaterne stand Linus vor dem Haus Eschenwall 12. Obwohl Mila ihn nicht herbestellt hatte. Aber so konnte es einfach nicht weitergehen: Er wollte jetzt – auf der Stelle! – wissen, worum es hier eigentlich ging. Wenn Mila nicht mit der Sprache herausrücken wollte, dann musste sie sich eben einen anderen für ihren Club suchen.
Er hatte sich nicht auf *Amerika in Wort und Bild* konzentrieren können. Und das Abendessen hatte nach nichts geschmeckt; er hätte es wohl nicht einmal bemerkt, wenn man ihm Rote Bete vorgesetzt hätte, weil er ständig an Mila und den Club dachte. Nach dem Essen hatte er sein Tagebuch hervorgeholt und geschrieben:

Ich erlebe spannende Sachen!

Weiter nichts. Denn um was für Sachen es ging, wusste er ja nicht. Darum brauchte er Antworten. Und darum stand er hier. Entschlossen ging er auf die Haustür zu und klingelte.
Diesmal wurde die Tür von einem Mann geöffnet. Er war groß und breit, hatte einen schwarzgrauen Vollbart und so verwuschelte Haare, als hätte er sich mindestens zwei Tage

nicht mehr gekämmt. Vielleicht sogar zwei Wochen oder zwei Jahre. Irgendwie passt er nicht in dieses kleine Haus, dachte Linus, sondern eher auf ein Piratenschiff oder als Räuber in den dunklen Wald.
»Ja bitte?«, sagte der Mann.
»Ich … äh … möchte zu Mila.«
Im nächsten Moment tauchte Mila neben dem Mann auf.
»Bin schon da, Harry«, sagte sie. »Das ist Linus.«
Der Mann zog sich zurück.
»Wer ist dieser Harry?«, fragte Linus.
»Mein Vater.«
»Und warum sagst du Harry zu deinem Vater?«
»Weil er so heißt. Wie sagst du denn zu deinem?«
»Papa natürlich. Und zu meiner Mutter sag ich Mama.«
»Du bist doch kein Kleinkind mehr, oder? Komm schon rein.«
Was er wollte, fragte sie überhaupt nicht.

In ihrem Zimmer ließ sie sich aufs Bett plumpsen. Linus wartete einen Augenblick, dann setzte er sich in den Ohrensessel. Eine andere Sitzgelegenheit gab es nicht, außer dem Hocker vor dem Schreibtisch. Oder dem Bett. Aber auf dem saß Mila, und sich neben sie zu setzen, wagte er nicht.
So, jetzt die Fragen auf sie abschießen wie Maschinengewehrfeuer, sodass sie nicht ausweichen konnte.
Linus holte tief Luft. »Also: Ich will wis…«
»Erst will *ich* wissen, wann du gelogen hast, was du gestohlen hast und so weiter.« Mila nahm die Lampe von ihrem Nachttisch, schaltete sie an und leuchtete Linus ins Gesicht.

»He, lass das!«

»Du hast das also alles getan?« Sie machte keine Anstalten, die Lampe wegzustellen.

»Hätte ich's sonst hingeschrieben?« Er schirmte die Augen mit der Hand ab.

»Könnte doch sein, du hast dir das nur ausgedacht. Zähl jetzt ein paar Beispiele auf, wo du gelogen hast.«

»Ich lüge die ganze Zeit. Erst vorhin hab ich zu Hause gesagt, dass ich zu Elias geh. Und gestern auch.«

»Was hast du gestohlen? Und bei wem oder wo?«

»Kaugummi, im Supermarkt.« Dass es nur ein einziges Mal passiert war, erwähnte Linus nicht. »Und dann natürlich Süßigkeiten, zu Hause.« Er bemühte sich um einen beiläufigen Tonfall. Obwohl auch das nur ein einziges Mal passiert war. Sechs war er damals gewesen.

Das Marzipanschwein hatte schon tagelang in der Küche gestanden und Linus jedes Mal, wenn er daran vorbeiging, regelrecht angelacht. Erst zupfte er das Schwänzchen ab, das war ja so klein, dass niemand etwas merken würde. Als Nächstes brach er ihm die Ohren ab – auch das würde keinem auffallen. Dann eines der Hinterbeine. Dadurch stand das Schwein leider so schief da, dass er auch die anderen Beine aufessen musste. Ebenso den Kopf, denn ein Rumpf ohne Beine, aber mit Kopf, das hätte doch zu merkwürdig ausgesehen. Schließlich hatte Linus das ganze Schwein ratzeputz aufgegessen und ihm war hundeelend. Natürlich fiel auf, dass das Marzipanschwein fehlte. Zur Strafe bekam Linus vom Nikolaus keine Süßigkeiten mehr, aber wenigstens ein paar Spielsachen.

»Und wie war das mit dem Vogelnest?« Mila hielt die Lampe nach wie vor auf ihn gerichtet.
»Das hab ich nur ein einziges Mal gemacht, ich wollte mir damals eine Vogeleiersammlung zulegen.«
»Warum nur ein einziges Mal?«
Linus hatte drei gesprenkelte Eier in einem Vogelnest gefunden. Voller Freude war er nach Hause gelaufen, die Eier vorsichtig in der rechten Hand haltend. In seinem Zimmer lag ein Buch, in dem stand, wie man sie ausblies, um sie aufbewahren zu können. Wenn das erledigt wäre, wollte er sich gleich wieder auf die Suche machen, damit er bald eine repus-gute Sammlung hatte. Er war so in Eile, dass er den Besen übersah, der quer über dem Gartenweg lag.
»Weil mir die Vogeleltern leidgetan haben«, antwortete er. Das hörte sich besser an als die Stolpergeschichte, die ihm die Lust aufs Weitersammeln gründlich verdorben hatte.

Schaf mit Froschaugen

»Hm«, machte Mila und stellte endlich die Lampe weg. Jetzt diese Carola. Was ist da gelaufen?«

Anscheinend hatte sie die Punkte seiner Liste auswendig gelernt.

»Das war in der zweiten Klasse. Damals waren alle gemein zu Carola.«

»Und weil alle gemein waren, warst du es auch?«

»Ein einziges Mal nur.«

»Was hast du gemacht?«

»Geblökt und gequakt. Weil Carola wie ein Schaf mit Froschaugen aussah, das fanden alle.«

»Du selber auch?« Wieder leuchtete sie Linus ins Gesicht.

»Das … äh … weiß ich nicht mehr. Carola hat dann die Schule gewechselt.«

Linus schämte sich noch heute, wenn er an Carola dachte, und war froh, dass Mila keine weiteren Fragen dazu stellte. Sie nickte nur und sagte: »Kommen wir zu den Sachen, die du kaputt gemacht hast.«

»Ich bin da-ha! Wo steckst du, Mila?«, rief eine Frau von unten.

»Hier!«, schrie Mila und stellte die Lampe ab.

»Deine Mutter?«, fragte Linus.

»Ja.«

»Ich muss gleich wieder los!«, klang es. »Und Harry auch.«
»Na und?«, schrie Mila.
Keine Antwort.
»Gehen deine Eltern beide weg?«, fragte Linus. »Wer passt dann auf dich auf? Deine Oma?«
Mila musste lachen. »Ich pass schon auf mich selber auf. Und Oma passt auch auf sich selber auf.«
»Wie meinst du das?«
»Wir sind wegen meiner Oma hierhergezogen. Weil sie alt wird. Und nicht mehr gut allein zurechtkommt, das sagen jedenfalls meine Eltern. Aber meine Oma ist noch ziemlich gut drauf, außerdem hätten die beiden eh keine Zeit für sie.«
»Was machen deine Eltern denn?«
»Mein Vater malt und meine Mutter fotografiert. Außerdem müssen sie die Welt retten, das kostet auch viel Zeit.«
»Die Welt retten? Vor was denn?«
»Vor allem. Zum Beispiel vor dem Großkapital. Da sind sie voll dagegen.« Mila zog eine Grimasse, als fände sie das megablöd. Und irgendwie war es das auch, denn ein großes Kapital hätte ja wohl jeder gern. Linus hütete sich aber, das zu sagen, weil er unsicher war, wie es bei Mila ankommen würde.
»Die Welt retten ist gut«, sagte er stattdessen. »Wie machen sie das genau?«
»Sie gehen zu Sitzungen. Andauernd. Wenn man nur genug Sitzungen abhält, geht's der Welt von selber besser.«
»Echt wahr?«
»Natürlich nicht! Sei nicht dumm!«
Stocksteif saß er im Sessel. Dumm war er, klar, viel zu dumm

für jemanden wie Mila. Was wollte sie nur von ihm? Was hatte er an sich, das ihn für sie interessant machte?
»Ich hab jetzt meine Entscheidung getroffen«, sagte sie.
»Was für eine Entscheidung?«
»Ob du dem Club beitreten darfst.« Sie sah ihn mit unbewegter Miene an.
Linus machte sich keine großen Hoffnungen, zumal sie ihn gerade eben noch für dumm gehalten hatte. Außerdem wollte er gar nicht in diesen Idiotenclub. Der konnte ihm gestohlen bleiben. Wenn Mila ihn jetzt fragte, würde er Nein sagen. Nein und nochmals nein.
»Ich muss es allerdings erst mit den anderen besprechen.«
»Wann?«
»Bald.«
»Dann geh ich jetzt.«
Sie stiegen die Treppe hinab. Als Linus aus der Tür trat, sah er Anneliese. Sie stand wieder am Fenster und gestikulierte.
»Ich glaube, deine Oma will, dass wir zu ihr rüberkommen«, sagte Linus.

Wenig später saßen sie zu dritt in Annelieses Wohnzimmer und aßen Tortillachips aus einer Schüssel, die zwischen Linus und Mila auf dem Sofa stand. Anneliese hatte ihren Sessel herangerückt, damit sie ebenfalls zugreifen konnte. Chips nehmen, in den Mund stecken, kauen – mehr geschah nicht in der ersten Viertelstunde. Und zu hören war nur das Krachen der Chips im Mund – ein Knabberknusperorchester.
»Erzähl mal ein bisschen was von dir, Linus«, sagte Anneliese,

als die Schüssel leer war. Sie pulte mit dem Fingernagel ein paar Reste aus den Zähnen. »Was treibst du denn so?«
»Ich … äh …« Was sollte er sagen? Etwas Besonderes gab es von ihm nicht zu berichten, außer der Sache mit dem Club. »Ich bin gefragt worden, ob ich in einen Geheimclub eintreten will«, sagte er nach kurzem Überlegen, »aber mehr kann ich darüber nicht sagen, weil es geheim ist.«
»Logisch, das geht natürlich nicht«, meinte Anneliese.
Linus warf einen Blick zu Mila. Sie verzog keine Miene, also war es kein Problem, dass er den Club erwähnt hatte.
»Was macht dieser Club denn so, außer geheim sein?«, fragte Anneliese.
»Eben das ist geheim«, antwortete Linus.
»Klingt spannend.« Annelieses Augen funkelten. »Geheimnisse interessieren mich brennend. Ich hab selber jede Menge davon. Aber … hm …« Sie blickte umher, wie um sich zu vergewissern, dass keiner mithörte. »Geheimnisse sind erst dann richtige Geheimnisse, wenn man sie unter dem Siegel der Verschwiegenheit weitererzählt.«
Linus zögerte. Ein schneller Blick zu Mila. Sie verzog noch immer keine Miene, kniff aber die Augen leicht zusammen. Höchstens einen Millimeter, man sah es kaum, doch die Botschaft war deutlich: Klappe halten, Homan, sonst kannst du was erleben!
Immerhin war Linus sich jetzt ganz sicher, dass Anneliese nicht zum Club gehörte. Ansonsten hätte Mila ihm nicht mit diesem speziellen Blick zu drohen brauchen. So dumm, wie sie dachte, war er nun auch wieder nicht.

Satte Maus

»Ich war mal die heimliche Freundin des Ministerpräsidenten«, flüsterte Anneliese. »Das war auch eine Geheimsache. Noch viel geheimer als jede Atombombe.«
»Echt wahr?«, fragte Linus.
»Natürlich nicht von unserem jetzigen Ministerpräsidenten, sondern von einem früheren«, sagte Anneliese. »Aber ich verrate nicht, von welchem.«
Linus holte Luft für einen langen Satz, ließ den Atem dann aber ohne Satz wieder entweichen, weil ihm nichts einfiel.
»Ich weiß, welcher es war«, sagte Mila.
»Ja, Mila kriegt immer alles aus mir raus.« Anneliese lachte, und Mila grinste wie der gelbe Plüschaffe in ihrem Zimmer.
»Bei dir ist das nicht sonderlich schwer«, sagte sie.
»Ich kenne Staatsgeheimnisse – Kinder, Kinder! –, da würdet ihr mit den Ohren schlackern. Aber zum Glück weiß niemand, dass ich sie kenne, sonst …« Anneliese fuhr sich mit dem Finger über den Hals »machen die mich kalt.« Wen sie mit »die« meinte, behielt sie für sich.
»Männer erzählen einem alles, wenn man mit ihnen … sagen wir mal … Händchen hält und ein bisschen knutscht.« Anneliese räusperte sich und schaute so zufrieden drein wie eine Maus, die sich an Plätzchen satt gefressen hat. Sie stand auf, ging zur Kommode und griff nach einem gerahmten Schwarz-

Weiß-Foto. »Schau mal, das bin ich. Mit neunzehn.« Sie hielt Linus das Foto hin.
Wow, die junge Anneliese sah aus wie eine Schauspielerin aus einem 007-Film. Und die Ähnlichkeit mit Milas Mutter war unverkennbar.
»Übernachtest du bei mir?«, fragte Anneliese Mila.
Mila zuckte die Schultern. »Hatte ich nicht vor.«
»Ach, komm schon! Wenn du da bist, schlafe ich viel besser.«
»Na gut.«
»Wenn Mila hier ist, halten die Gespenster sich zurück«, sagte Anneliese zu Linus.
»Gespenster?«
»Ja, die sind überall, auch im Kopf.«
»Es gibt keine Gespenster.«
»O doch.«
»Wie spät ist es eigentlich?« Linus sah sich um. In Annelieses Wohnzimmer war nirgends eine Uhr.
»Etwa halb neun, glaube ich.«
Linus sprang auf. »Ich hätte längst zu Hause sein müssen!«
»Dann lauf nur«, sagte Anneliese. »Und grüß deine Eltern.«
Auf keinen Fall!
»Bring sie mal zum Kaffee mit, das fände ich nett.«
Nie und nimmer!
Seine Eltern waren so stinknormal, die passten einfach nicht zu Anneliese.

Den ganzen Weg lang grinste Linus vor sich. Er stellte sich vor, seine Eltern würden Anneliese tatsächlich besuchen und er-

fahren, dass sie – Kinder, Kinder! – früher mal was mit einem Ministerpräsidenten hatte. Sie würden glatt in Ohnmacht fallen, zumal sie sich schon über wesentlich normalere Leute als Anneliese aufregten.
Dann dachte er an die anderen Clubmitglieder. Wenn sie sich gegen ihn aussprachen, würde sein langweiliges Leben weitergehen wie gehabt. Linus stampfte so fest in eine Pfütze, dass das Wasser hochspritzte.

»Da bist du ja endlich.« Linus' Mutter legte ihre Zeitschrift weg. »Gerade habe ich zu Papa gesagt: Wenn Linus nicht bald kommt, rufe ich bei Elias' Eltern an.«
»Hi, Tina und Edmund.«
Wäre der Fernseher nicht gelaufen, hätte jetzt im Wohnzimmer Grabesstille geherrscht.
Ganz cool bleiben, kein Problem …
»Ich geh gleich schlafen.« Linus wandte sich zur Tür.
»Was soll das?«, fragte Edmund.
»Warum sagst du Tina und Edmund zu uns?«
»Weil ihr so heißt.«
»So was aber auch!«, sagte Tina. »Ich bin doch deine Mama.«
»Mama klingt kindisch.«
»Blödsinn«, sagte Edmund. »Aber sag meinetwegen, was du willst.«
»Ich möchte trotzdem lieber Mama genannt werden«, meinte Tina.
»Gute Nacht.« Linus ging schnell die Treppe hinauf und in sein Zimmer.

Ich hätte mehr auf Bad Boy machen müssen, dachte er, als er im Bett lag. Gar nicht einfach, ein bisschen bad sein, aber nicht zu sehr. Vielleicht hat Mila mir ja Fangfragen gestellt, überlegte er weiter, und in Wirklichkeit kommt man nur in den Club, wenn man *keine* schlimmen Sachen gemacht hat. Oder ist es doch umgekehrt?
Diese Gedanken ließen ihn nicht los, sodass er nicht einschlafen konnte. Ob es half, an etwas Schönes zu denken? An einen Geheimclub zum Beispiel, den er selbst gründen würde, falls er nicht in den von Mila reinkam. Dann wäre er der Anführer und könnte entscheiden, wer mitmachen durfte und wer nicht. Und wenn jemand Ärger machte, wurde er hochkant rausgeworfen.

Deprimierte Schnecke

Es war Freitag, der Tag, an dem sie bei Frau Gerke Unterricht hatten, als Erstes eine Doppelstunde Rechtschreibung. Em-i-es-te. Mila tat wieder, als wäre er Luft für sie, ganz normal also, aber eigentlich gerade darum nicht normal. Es fiel Linus nicht leicht, sich auf den Unterricht zu konzentrieren, da waren zu viele Dinge, über die er nachdenken musste.

Nach längerem Grübeln gelangte er zu folgenden Erkenntnissen:
- Der Geheimclub bestand aus lauter Idioten.
- Er wollte nicht dazugehören.
- Sie würden ihn auch gar nicht haben wollen.
- Alles in Butter also.

Warum hatte er dann die ganze Zeit das Gefühl, dass das Ganze einen Haken hatte? Im Grunde wusste er auch, welchen. Sie müssten unbedingt wollen, dass er mitmachen würde, erst dann könnte er »Nein« sagen.
Nein, nein, nein.
Und da war noch ein Haken: Er wollte nämlich eigentlich schon dazugehören. Auch wenn er sich das Gegenteil einredete. Denn es interessierte ihn brennend, was es mit diesem Club auf sich hatte.
Darum konnte er nicht »Nein« sagen. Aber auch nicht »Ja«

(falls sie ihn nicht haben wollten). Wenn man es recht bedachte, war die Lage ganz schön verzwickt:

- Er wollte in den Club.
- Der Club wollte ihn nicht.

Letzteres stand zwar noch nicht fest, aber vermutlich sah es düster für ihn aus. Warum bloß hatte er so dumm dahergeredet? Er wusste sehr wohl, dass die Welt nicht dadurch besser wurde, dass man ständig irgendwelche Sitzungen abhielt. Sein Vater musste auch immer wieder mal zu Sitzungen, und er behauptete, sie seien eine einzige Zeitverschwendung.
Falls sie ihn nicht wollten, würde er nie erfahren, um was für einen Club es sich handelte. Aber vielleicht war es ja ein stinklangweiliger Verein (der ach so geheime Leseclub, der total geheime Bastelclub ...) oder ein voll alberner (der allergeheimste Krummezehenclub, der noch geheimere Kitzelclub ...). Dann hätte er nicht viel verpasst.
Oder, und das war wahrscheinlicher, es war etwas wirklich Spannendes, vielleicht der geheime Gruselhöhlenforscherclub oder der geheime Gespensterjägerclub.

Der Freitag kroch dahin wie eine deprimierte Schnecke. Das einzig Lustige war die Tonschlacht im Zeichensaal, Jungs gegen Mädchen, als Frau Gerke kurz zum Telefonieren auf den Flur ging. So konnte er Mila mit Tonbatzen bewerfen, ohne dass sie dachte, er wolle ihr eins auswischen. Und einmal hätte er sie auch fast getroffen.

Linus saß auf dem Sofa im Wohnzimmer, das Buch *Amerika in Wort und Bild* auf dem Schoß. Die Pioniere auf den Fotos wirkten recht blässlich. Keine Typen für einen Geheimclub.
Es klingelte.
Kurz darauf machte seine Mutter die Wohnzimmertür auf.
»Besuch für dich, Linus«, sagte sie.
Und da stand Mila.
»Hi«, sagte sie.
Linus' Mutter strahlte, als hätte sie Mila nicht nur hereingelassen, sondern auch persönlich für ihr Erscheinen gesorgt.
»Habt ihr beiden was Schönes vor?«, fragte sie.
»Haben wir«, sagte Mila. »Was Superschönes.«
»Was denn?«
»Das ist geheim.«
»Ach so, verstehe.« Linus' Mutter strahlte noch immer, jetzt aber irgendwie verschwörerisch, so als wäre nichts Geheimes ihr fremd. »Dann werd ich mal weiter die Wäsche zusammenlegen.« Sie verschwand nach oben.
Mila setzte sich neben Linus aufs Sofa, zog die Beine an und machte es sich bequem, als wäre sie hier zu Hause.
»Wir hatten eine Eilbesprechung«, begann sie.
»So?«
»Wegen dir.«
»Und warum die Eile?«
»Weil die Zeit drängt. Ein Teil war dagegen, ein Teil dafür. Ich sag dir jetzt das Ergebnis.«
Nun musste er gleich sagen, dass er nicht wollte, dass dieser Blödmannverein samt Mila ihm gestohlen bleiben konnte.

»Du bist durch!«
»Wie bitte?«
»Du hast es in die letzte Runde geschafft.«
»Was heißt das?«
»In der letzten Runde geht's ums Ganze, sie ist sozusagen der Praxistest. Da muss sich zeigen, ob du wirklich geeignet bist. Schließlich können wir nicht die Katze im Sack kaufen, das wär viel zu riskant.«
»Ach … äh … so. Und wann findet dieser Test statt?«
»Heute Nacht.« Mila stand plötzlich auf. »Du bekommst noch genaue Anweisungen.«
»Wann?«
Keine Antwort. Linus folgte Milas Blick. Sie starrte Flossi an, der in seinem Glas auf dem Tischchen neben dem Fenster hin und her schwamm.
»Du bekommst Anweisungen«, wiederholte sie wie in Gedanken versunken, dann drehte sie sich um und ging.
Anweisungen … jetzt wurde es ernst.
Linus hörte, wie die Haustür zuschlug.
Er war in der letzten Runde. Eigentlich hätte er wütend werden müssen, weil noch immer keine Entscheidung gefallen war. Weil er noch immer nicht wusste, worum es ging. Weil Mila ihn noch immer hinhielt. Aber er wurde nicht wütend, sondern saß da und lächelte in einem fort, als wäre ihm das Lächeln ins Gesicht gemeißelt.
Er war durch. Er hatte es geschafft.
Geschafft! Geschafft! Geschafft!

Keine zehn Elefanten

Es war kurz vor halb acht. Linus hatte noch keine Anweisungen bekommen. Er lag auf seinem Bett, die Hände unterm Kopf gefaltet, und dachte daran, wie Mila am Nachmittag plötzlich aufgestanden und gegangen war. Geheimnisvoll und verheißungsvoll zugleich. Sie war keine blöde Zicke, wie er kurz gedacht hatte, sondern repus-cool. Gewieft wie eine Spionin, die nicht mehr sagte als unbedingt nötig, weil jedes überflüssige Wort ihre Pläne gefährden konnte. Plaudertaschen hatten in Geheimclubs nichts zu suchen.
Und etwas wirklich Schlimmes würde Mila schon nicht vorhaben. Zum Beispiel Atombomben bauen und sie an Terroristen verkaufen. Oder im Auftrag eines Mafiabosses Leute umlegen. Cooles Wort, *umlegen*. Wenn das so einfach ginge, würde er es dann einmal ausprobieren? Nein, ganz bestimmt nicht!
Dass man so etwas dachte, hieß ja noch lange nicht, dass man es wirklich wollte. Zum Beispiel: Als sein Vater einmal einen schweren Unfall hatte und mit dem Leben davonkam, schoss Linus irgendwann ein ganz eigenartiger Gedanke durch den Kopf: Wenn sein Vater tot gewesen wäre, hätte er mit einem Mal im Mittelpunkt des Interesses seiner Mitschüler gestanden! Manchmal war es komisch, was für Gedanken man haben konnte …

Bestimmt machte es Spaß, im Club dabei zu sein. Linus war fest entschlossen, mitzumachen, ganz egal, worum es ging.
Sein Amerika-Buch lag zugeklappt auf dem Fußboden. Linus konnte sich einfach nicht aufs Lesen konzentrieren. Im Grunde, dachte er, hatten die Pioniere im Westen doch ein recht eintöniges Leben. Ein bisschen kämpfen, eine Eisenbahnlinie anlegen und ein paar Krümel Gold schürfen – das war auch schon alles.
Da schlug etwas ans Fenster! Und gleich darauf wieder. Linus stand auf und schaute hinaus.
Unten stand Mila.
Woher wusste sie, welches Fenster zu seinem Zimmer gehörte? Wahrscheinlich hatte sie das heimlich ausgekundschaftet.
Sie machte eine Handbewegung, die nur bedeuten konnte: Fenster auf! Beeil dich!
Linus öffnete rasch das Fenster. »Hallo!«, rief er.
Mila sperrte Mund und Nase auf, sah sich blitzschnell nach allen Seiten um, tippte mehrmals an ihre Stirn und hielt den Zeigefinger der anderen Hand an die Lippen. Dann machte sie eine andere Geste. Eine, die bedeutete: Weg vom Fenster! Ich werfe dir was hoch!
Kaum war Linus beiseitegetreten, kam auch schon etwas in sein Zimmer geflogen. Etwas Rundes. Es prallte an die Wand, fiel zu Boden und kullerte unters Bett. Linus holte es hervor und stellte fest, dass es ein mit Papier umwickelter Stein war.
Als er wieder aus dem Fenster schaute, war Mila nicht mehr da.
Er machte das Papier ab und las:

Treffpunkt: großer Stein am Borgweg.
Zeit: 00:53 Uhr.
Keiner darf dich sehen. Zieh was Schwarzes an.
Und bring einen Füller mit.
PS 1: 00:53 Uhr heißt sieben Minuten vor eins heute Nacht.
PS 2: Iss diese Botschaft auf.

Einen Füller sollte er mitbringen … das klang nicht sonderlich spannend. Der Rest aber schon. Fast schon *zu* spannend. Und mitten in der Nacht aus dem Haus schleichen, o Mann, wenn das seine Eltern wüssten! Aber sie durften es ja nicht wissen. Und gerade darin lag der Reiz.
Linus riss das Blatt mitten durch und dann noch einmal. Einen der vier Fetzen steckte er in den Mund und fing an zu kauen. Bäh! Er spuckte das Papier in die Hand. Jetzt hatte er eine Idee: Er klebte die vier Teile in sein Tagebuch, auch den nassen. Dann würde der Tagebuchfinder in hundert Jahren denken: Ein Wahnsinnstyp, dieser Linus Homan! Was der für ein abenteuerliches Leben hatte! Jetzt musste er nur noch überlegen, wie er unbemerkt aus dem Haus kam.

Kurz darauf saß Linus neben Marlies auf dem Sofa vor dem Fernseher, eine Schüssel Chips in Reichweite. Seine Eltern saßen, wie immer, in den beiden Sesseln rechts und links. Was sind diese Menschen doch langweilig, dachte Linus. Jeden Abend hocken sie auf dem gleichen Platz und kommen nicht mal auf die Idee, die Sessel zu tauschen.
Komisch, dass er »diese Menschen« dachte. So hatte Linus

seine Eltern noch nie bezeichnet. Denn sie waren keine Menschen, sondern Eltern. *Seine* Eltern. Menschen, das waren die anderen.
Freitagabends durften er und Marlies immer länger aufbleiben und sich eine Quizsendung ansehen. Heute hatte Linus überhaupt keine Lust darauf, aber wenn er sich zurückzog, würden seine Eltern womöglich misstrauisch werden.
Mila hatte leicht reden, die konnte ohne Probleme nachts beim großen Stein oder sonst wo herumgeistern, weil ihre Eltern dauernd außer Haus waren, um zu malern, zu fotografieren oder die Welt zu retten.
»Warum tut ihr eigentlich nichts, um die Welt zu retten?«, fragte Linus, als der Werbeblock anfing. »Für den Umweltschutz zum Beispiel.« Sie hatten neulich in der Schule darüber gesprochen, dass es sehr wichtig war, die Umwelt zu schützen, weil da vieles im Argen lag.
»Wieso tun wir nichts für die Umwelt?«, fragte Tina. »Ich tu sogar sehr viel: Ich trenne den Abfall, ich benutze auf der Toilette die Spartaste vom …«
Marlies kreischte wie eine Möwe. »Mama spart sogar auf dem Klo! Ab jetzt macht sie nur noch einmal in der Woche groß!«
»Sei nicht albern, Marlies«, sagte Edmund. »Man könnte meinen, du wärst ein Kleinkind.«
Marlies guckte bedröppelt.
Linus fand seine Schwester furchtbar peinlich. Gut, sie war erst sieben, aber er durfte gar nicht daran denken, was Mila davon halten würde, wenn sie so etwas mitbekäme. Dann wäre er sofort disqualifiziert. So wie beim Schlittschuhwettlaufen

voriges Jahr, als er Tim an der Jacke festgehalten hatte. Nicht mit böser Absicht natürlich. Tim hatte einen kleinen Vorsprung, und das Ziel war schon in Sicht ... da hatte er es ganz automatisch gemacht.
Sein Vater hatte nur gelacht, als er zu Hause davon erzählte, seine Mutter hingegen hatte ihm einen langen Vortrag über Fairness und Sportsgeist gehalten.
»Ihr habt aber zwei Autos«, nahm Linus den Faden wieder auf. Im Grunde war es ihm egal, wie viele Autos seine Eltern hatten, jetzt gerade machte es ihm aber Spaß, an ihnen herumzukritisieren. »Ihr verschmutzt die Umwelt. *Unsere* Umwelt.« Er deutete auf Marlies und dann auf sich.
»Ich hab ja nur einen Kleinwagen«, verteidigte sich Tina. »Den brauche ich zum Einkaufen, und ihr beide wollt ja auch öfter mal wohin gebracht und wieder abgeholt werden.«
Linus nahm Edmund ins Visier.
»Du könntest aber gut mit dem Bus zur Arbeit fahren.«
»In einen Bus kriegen mich keine zehn Elefanten rein«, sagte Edmund. »Lieber noch krieche ich auf dem Bauch.«
»Linus hat nicht ganz unrecht«, meinte Tina. »Wir könnten ab jetzt mein Auto nehmen, wenn wir Oma und Opa in Meppel oder Haarlem besuchen. Der kleine Suzuki verbraucht weniger Benzin und hat bessere Abgaswerte.«

Igel auf der Pirsch

Schließlich war doch alles vorbeigegangen: die Diskussion über Umweltschutz, das Quiz, Marlies, die die Kandidaten nachäffte, die Nachrichten und die Wettervorhersage – heute Nacht klar bei acht Grad. Linus war nach oben gegangen, hatte die Zähne geputzt, sich umgezogen und ins Bett gelegt.
Er trug schwarze Socken, schwarze Fußballschuhe und ein schwarzes T-Shirt, allerdings mit einem Spiderman-Motiv in Rot und Blau, aber das würde nicht zu sehen sein, weil er etwas darüberzog. Eine schwarze Hose besaß er nicht, aber Dunkelblau war schon fast schwarz, und über der grünen Jacke würde er sein Zorro-Cape tragen.
So lag er auf dem Rücken und hatte sich bis zum Kinn zugedeckt, für den Fall, dass seine Mutter noch einmal ins Zimmer kam. Die Beine hatte er so weit wie möglich angezogen, weil er hoffte, in dieser Haltung würde der Schlaf ihn nicht so schnell übermannen. Den Wecker zu stellen, schien ihm wegen des Lärms zu riskant.
Wieder hieß es warten. Diesmal, dass seine Eltern ins Bett gingen.
Schritte auf dem Flur, endlich …
Minuten später herrschte Stille im Haus.
Warten. Denken, grübeln, halb eindösen, hochschrecken.
Mit einem Mal war es 00:32 Uhr.

00:33 Uhr.
00:34 Uhr.
00:35 Uhr.
Zeit zum Aufstehen.

Vorsichtig klinkte Linus die Tür auf und schob sich in den Flur. Durch das Fenster fiel gerade so viel Mondlicht, dass er sah, wohin er die Füße setzte.
Mist! An die Noppen seiner Fußballschuhe hatte er überhaupt nicht gedacht. Das klang ja, als würden Kanonen abgeschossen! Also ganz behutsame Minischritte.
Auf der Treppe stützte Linus sich fest aufs Geländer, damit er die Stufen weniger belastete. Zum Glück hatten sie keine Knarrtreppe.
Letzte Stufe, unten, geschafft! Er blieb stehen, blickte sich um und lauschte. Nichts zu sehen, nichts zu hören.
Jetzt den Flur entlang und ins Wohnzimmer. Sachte, ganz sachte … Linus hatte fast das Gefühl zu schweben.
Die Terrassentür bot die beste Gelegenheit, heimlich zu verschwinden und später wieder ins Haus zu gelangen, das hatte er sich schon am Abend überlegt. Man brauchte keinen Schlüssel, und sie ließ sich so anlehnen, dass es aussah, als wäre sie zu.
Auch das geschafft. Puh – er stand im Garten.
Wie spät mochte es inzwischen sein?
Jetzt schnell ums Haus herum.
Die Straße war verlassen und dunkel, nur hier und da malten die Straßenlaternen mattgelbe Lichtkreise auf den Asphalt.
Die neue Wertung lautete: mindestens neun Mutpunkte.

Linus hatte Herzklopfen. Wahrscheinlich schon die ganze Zeit, aber erst jetzt wurde es ihm bewusst. Sein Herz hämmerte wie ein Presslufthammer.
Nie und nimmer hätte er gedacht, dass er so etwas je tun würde: Mitten in der Nacht aus dem Haus schleichen, wegen irgendwelcher dunkler Machenschaften, von denen er selbst keinerlei Vorstellung hatte.

Mit den Fußballschuhen ging es sich nicht gerade gut auf den Gehwegplatten. Wenn er von nun an öfter schwarze Schuhe brauchte, würde er seine alten Leinenturnschuhe mit einem dicken schwarzen Filzstift bearbeiten.

Die Straßen sahen in der Nacht völlig anders aus als sonst. War das überhaupt Veenholten? Oder eine Parallelwelt, die so aussah wie sein Dorf, aber von Zombies bevölkert war, die ihm hinter jeder Ecke auflauerten? Linus zog das Cape fester um sich. Es gibt keine Zombies, sagte er sich, Zombies sind Fantasiegestalten und kommen nur in Filmen vor. Aber was, wenn er – wie auch immer – in einem Film gelandet war? In einer Parallelwelt konnte so etwas ohne Weiteres passieren. Dann war nichts um ihn herum echt, alles Kulisse, die Filmhandlung war aber trotzdem echt.
Linus schüttelte heftig den Kopf. Was sollte das denn? Was waren das für absurde Gedanken! Weg damit, sonst würden sie sich noch zu einem Spinnennetz verdichten, in dem er sich verfing.

Linus erreichte den Borgweg, der am Ortseingang abzweigte und an Wiesen und Äckern entlang zu einem Waldstück führte. Hier standen keine Wohnhäuser mehr und auch keine Laternen. Am rechten Wegrand hohe Bäume wie gespenstische Wachsoldaten, links verlief ein Wassergraben, der jetzt im Finstern allerdings nicht zu sehen war. Den Weg zum großen Stein würde Linus trotzdem finden – den kannte jeder in Veenholten. Der Stein befand sich mitten auf einer Wiese, auf der Linus öfter mit Elias und den anderen spielte: früher Cowboy und Indianer oder Räuber und Polizist, heute eher Spurensucher in der Urzeit.

Durch das Geäst der Bäume fiel gerade so viel Mondlicht, dass Linus sich orientieren konnte, und es dauerte nicht lange, bis er am Ziel angelangt war.
Wie ein zusammengekauerter Dinosaurier lag der Stein da.
Von Mila war weit und breit nichts zu sehen.
Was er zu früh dran? Oder gar zu spät?
Was war das? Hatte es da eben im Gebüsch geraschelt? Wahrscheinlich ein Igel auf der Pirsch. Oder aber ein hungriger … Quatsch, kein hungriger Werwolf! Das konnte nicht sein, heute war ja nicht Vollmond. Außerdem gab es keine Werwölfe. Das waren Fantasiegestalten, genau wie Zombies.
In der Ferne knatterte ein Motorrad. Anscheinend war noch jemand zur Werwolfstunde, zur Igelpirschstunde unterwegs.

Klick-Klack-Frosch

Das Knattern wurde lauter, denn das Motorrad kam jetzt den Borgweg entlang. Der Lärm vertrieb den letzten Rest Stille. Damit der Scheinwerfer ihn nicht erfassen konnte, trat Linus rasch hinter einen Baum.
Zu seinem Schreck wurde das Motorrad jetzt langsamer. Waren sie verraten worden? Aber was hätte es zu verraten gegeben? Sie hatten ja nichts getan, er jedenfalls nicht.
Fahr weiter, los, fahr schon!
Das Motorrad hielt.
Linus spähte hinter dem Baum hervor.
Der Fahrer trug einen dunklen Helm und war nicht zu erkennen.
Der Motor wurde abgestellt. Wieder senkte sich Stille über die Landschaft – eine bedrohliche Stille.
»Bist du da?«
Die Stimme kam unter dem Helm hervor und war verzerrt, klang aber sehr nach Mila. Machte da jemand ihre Stimme nach, ein anderes Clubmitglied vielleicht? Mila selbst würde bestimmt gleich auftauchen.
Linus beschloss, erst hervorzukommen, wenn sie da war. Er drückte die Handflächen an die raue Baumrinde. Das gab ihm Sicherheit. Solange er die Rinde spürte, konnte ihm nichts geschehen.

»Hi!«
Linus sprang hoch wie Marlies' Klick-Klack-Frosch.
Neben ihm stand Mila, den schwarzen Helm in der Hand.
»Warum versteckst du dich hinter einem Baum?«
»Ich konnte ja nicht ahnen, dass du das bist.«
Wie Mila flüsterte auch Linus, weil es ihm vorkam, als würde die Nacht die Geräusche mindestens zehnfach verstärken.
»Wer denn sonst?«
»Jemand vom Club.«
»Ich schick doch keinen anderen, wenn du noch nicht Mitglied bist.«
Linus warf einen Blick auf das Motorrad, das in Wirklichkeit ein Moped war. Rot lackiert, ein bisschen klapprig und mit einem hohen Lenker. Ein Damenmodell.
»Wie bist du denn an das Ding gekommen?«
»Gehört meiner Oma.«
»Und die lässt dich damit fahren?«
»Bestimmt, wenn ich sie frage.«
Erst jetzt fiel Linus der zweite Helm auf, der hinten festgebunden war. Mila hatte doch hoffentlich nicht vor …
»Soll ich etwa mitfahren?«
»Klar, warum fragst du?«
»Weil das gefährlich ist. Du bist doch erst … du darfst doch noch gar nicht …«
»Wer soll uns denn sehen? Um diese Zeit ist kein Schwein unterwegs«, sagte sie und fügte hinzu: »Übrigens haben sich Zweifel ergeben, ob du geeignet bist.«
Was sollte das nun wieder?

»Wer hat Zweifel? Und warum?«
»Es ist beschlossen worden, dass du den letzten Test nicht machen darfst. Noch nicht.«
»Oh.«
»Du musst vorher einen Eid ablegen.«
»Was für einen Eid?«
»Auf Geheimhaltung und ewige Treue. Normalerweise kommt der Eid nach dem Test. Aber bei dir wollen sie auf Nummer sicher gehen, darum musst du schon vorher schwören.«
Unglaublich. Nun hatte er sich schon auf weiß der Himmel was alles eingelassen, und immer noch war es nicht genug. Fiesverflixtehacke! Jetzt sollte er Geheimhaltung und Treue schwören, ohne zu wissen, worum es ging, und danach zu Mila aufs Moped steigen.
»Das mach ich nicht«, sagte Linus und nahm eine leicht breitbeinige Haltung an.
»Ich hab das Formular mit dem Eid dabei.« Mila zog ein zusammengefaltetes Blatt aus ihrer Jackentasche und hielt es ihm hin.
»Das mach ich nicht«, wiederholte Linus.
»Lies es in Ruhe durch.« Mila holte eine Taschenlampe hervor und knipste sie an. »Und danach unterschreibst du.«
»Das mach ich nicht.«
Dennoch nahm Linus das Papier und die Taschenlampe und begann zu lesen.

Rechnen für Gänse

Klup-Eid: Ich, Linus Homan, erkläre hiermit feierlich, den Klup niemals zu verraten, auch nicht im Fall von (drohenden) Strafen wie Gefängnis, Folter, Verbannung. Des Weiteren erkläre ich, Linus Homan, feierlich, dem Klup stets die Treue zu halten, auch im Gefängnis, unter Folter und im Exil.

Unterschrift:

....

Linus Homan

»So schreibt man ›Club‹ nicht«, sagte Linus, als er zu Ende gelesen hatte.

»Sehr schlau von dir«, sagte Mila.

Ihr Tonfall ließ darauf schließen, dass sie das Gegenteil meinte.

»Warum muss ich das unterschreiben?«, fragte er.

Mila nahm ihm die Taschenlampe weg und hielt sie sich unters Kinn, sodass sie wie ein grippekrankes Gespenst aussah. »Du mu-husst nicht.« Nun redete sie auch noch gespensterhaft. »Ma-hach's oder ni-hicht! Du hast die Wa-hahl.« Dann knipste sie die Taschenlampe wieder aus.

Jetzt, da es wieder völlig dunkel und still war, kam Linus die Welt klein und weniger bedrohlich vor.

Mach es einfach, raunte eine innere Stimme ihm zu. Was kann denn schon passieren?
Gefängnis, Folter und Ex-Dings.
Dann geh nach Hause, fuhr die Stimme fort, zu deinen Eltern, in dein Zimmer, in dein altes Leben. Das hier ist deine Chance, aber du brauchst sie nicht zu ergreifen.
»Ich protestiere«, sagte Linus.
»Wogegen?«
»Es passt mir nicht, wie das hier läuft.«
»So läuft es nun mal.«
»Wenn ich Mitglied bin, ändere ich das. Als Mitglied habe ich das Recht dazu.« Fast hätte er noch ein »oder nicht?« angehängt, doch das verkniff er sich gerade noch.
Mila lächelte. Diesmal aber nicht so, dass Linus sich dumm vorkam. Das war trotz der Dunkelheit deutlich zu sehen. Es war ein Lächeln, das ihn wie ein warmer Schal umfing.
Im nächsten Moment war es verschwunden, und Mila schaute wieder drein wie sonst. »Der Text klingt vielleicht so, als wäre es gefährlich, mitzumachen, aber es ist halb so wild. Bisher ist noch keiner gefoltert worden. Wir schreiben das nur hin, weil wir keine Trottel wollen. Wer mitmachen will, muss sich schon was trauen. Brave Bübchen, die sich zu Hause von ihrer Mama verhätscheln lassen, können wir nicht gebrauchen.«
Anscheinend war es nicht ganz harmlos, aber auch nicht wirklich gefährlich, Mitglied zu sein. Und das wiederum klang gut, darauf hatte er Lust.
»Gib mir einen Stift«, sagte Linus.
»Du hast einen Füller.«

Stimmt. Den hatte er ja mitbringen müssen. Linus zog ihn aus der Jackentasche.
»Man muss mit der eigenen Tinte unterschreiben, lautet die Vorschrift. Sonst ist die Unterschrift nicht gültig. Und dabei kannst du noch froh sein …«
»Warum froh sein?«
»Früher musste man mit seinem eigenen Blut unterschreiben.«
Blut. Linus wusste, dass sein Blut ständig durch den Körper floss, aber so genau mochte er sich das lieber nicht vorstellen, denn schon beim Gedanken daran wurde ihm seltsam flau zumute.
Mila nahm ihren Rucksack ab. »Du kannst meinen Rücken als Unterlage nehmen«, sagte sie und drehte sich um.
Linus schrieb seinen Namen auf das Papier. Beim L und beim H gab er sich besondere Mühe, denn wer weiß, vielleicht fand jemand in hundert Jahren das Dokument und setzte es in die Zeitung. Aber auf Milas Rücken schwungvolle Buchstaben zustande zu bringen war nicht einfach, denn die Füllerspitze stach mehrmals durchs Papier. Hoffentlich machte das die Unterschrift nicht ungültig.
Er gab Mila das Blatt. Sie riss es sofort mittendurch.
»He, was soll das?«
Sie riss die Hälften noch einmal durch und dann noch ein paarmal, bis nur noch kleine Fetzen übrig waren.
Linus sah zu, wie sie zu Boden trudelten. Wahrscheinlich mit einem Gesicht wie eine Gans, die eine Rechenaufgabe zu lösen hat. Nur dass die Gans die Aufgabe vermutlich eher kapierte als er Milas Verhalten.

Bambi-Rehe

Mila ging in die Hocke, öffnete ihren Rucksack und nahm eine kleine Schaufel heraus. Und noch etwas. Linus konnte nicht sehen, was es war, weil sie es mit der Hand umschloss. Es klapperte.

»Grab ein Loch«, trug sie ihm auf.

»Warum? Was hast du vor?«

»Frag nicht so viel, mach's einfach.«

»Ich frag aber.«

»Na gut, dann mach ich's eben selber. Wir brauchen keine Frager, sondern Macher.«

Sie knipste die Taschenlampe wieder an und legte sie auf den Boden.

Mit einem Seufzer kniete Linus sich hin und griff nach der Schaufel. Immerhin hatte er nicht blindlings gehorcht wie ein Hund seinem Herrn.

»Wie tief?«, fragte er.

»Fünfundzwanzig Zentimeter.«

Auf alles hatte sie eine Antwort parat. Ob man das lernen konnte?

»So ist es gut«, sagte Mila, die inzwischen die Fetzen aufgesammelt hatte.

»Das sind noch keine fünfundzwanzig Zentimeter.«

»Egal.« Sie warf die Fetzen in die Kuhle und riss ein Streichholz an. Das Klapperding in ihrer Hand war also eine Streichholzschachtel gewesen. Der Wind blies die Flamme aus. Mila zündete ein neues Streichholz an. Auch das erlosch gleich wieder.

Linus bildete mit seinen Händen einen Windschutz, als Mila das nächste Streichholz aus der Schachtel nahm. Diesmal klappte es. Sie hielt es an die Papierfetzen. Zunächst wollten sie nicht brennen. Erst nach acht weiteren Versuchen war Mila mit dem Ergebnis zufrieden. Sie schob die Erde zurück in das Loch.

»Das nennt man Beweismaterial vernichten«, sagte sie.

»Warum hab ich das Papier dann überhaupt unterschreiben müssen?«

Vermutlich war das wieder eine dumme Frage, denn Mila gab keine Antwort. Sie stand auf, nahm den Rucksack und ging zum Moped.

»Komm schon«, sagte sie.

»Ich darf also mitmachen?«, fragte Linus.

»Du darfst.«

Linus spürte, wie sich seine Brust bis in den letzten Winkel mit Wärme füllte. Er war dabei. Endlich! Auch wenn manches genervt hatte, jetzt war es geschafft!

Auf dem Moped mitfahren war eine Kleinigkeit. Linus war nun allem gewachsen.

Mila gab ihm ihren Rucksack, der wäre sonst nur im Weg, sagte sie. Sie stieg auf und startete den Motor. Linus schwang sich auf den Gepäckträger. Eine tolle Figur machte er wohl nicht,

denn er saß ein Stück niedriger als Mila. Aber mit dem Rücken konnte sie das ja nicht sehen.
»Halt dich fest!«, rief sie und fuhr los.
Festhalten? Wo?
Linus wurde nach hinten gedrückt. Gerade noch rechtzeitig konnte er sich an Mila festhalten.
Sie um die Taille fassen.
Da also.

So jagte er den Borgweg entlang. Er, Linus Homan! Hinten auf dem Moped, durch die pechschwarze Dunkelheit, die Arme um Mila Romein gelegt. Die echte Mila. Keine Fantasiegestalt. Egal, was noch passieren würde – Gefängnis, Folter oder diese Exerei – das hier war sein großer Moment, an den er sich sein Leben lang erinnern würde.

Der Moment dauerte an, als sie nach einer atemberaubend wilden Fahrt Eensloo erreichten. Der Moment dauerte an, als sie kurz darauf wieder aus dem Dorf hinausfuhren. Der Moment drohte auszuklingen, als Mila mitten im Nirgendwo anhielt. Wassergräben, Bäume, Büsche und eine Wiese – mehr war im Licht des Halbmonds nicht zu erkennen.
Wo waren sie? Und vor allem: Warum waren sie hier?
Mila klappte den Mopedständer so routiniert aus, als machte sie das jede Nacht. Sie nahm Linus den Rucksack ab und setzte ihn wieder selbst auf.
»Komm mit«, sagte sie und lief los.
Was, um Himmels willen, hatte sie in dieser Einöde vor?

Schweigend gingen sie einen landwirtschaftlichen Nutzweg entlang – so nannte Linus' Vater die geraden Wege, die zwischen Weiden und Äckern verliefen.

Linus wusste, dass sich ein Stück hinter Eensloo ein Hünengrab befand. Von Hünengräbern war in der vierten Klasse einmal die Rede gewesen. Es waren heilige Stätten aus der Zeit der alten Germanen. Geheimnisvolle Orte, an denen es angeblich nicht ganz geheuer war.

Vielleicht bestand der Club ja aus Anhängern eines altgermanischen Kults, die bei Halbmond irgendwelche Rituale durchführten, bei denen sie in langen weißen Gewändern im Halbkreis tanzten, niedliche Bambi-Rehe anlockten und sie bei lebendigem Leib auffraßen. Oder Kinder.

Mila ging entschlossen voran, auf ein Linus noch unbekanntes Ziel zu. Was mochte sie noch alles in ihrem Rucksack haben? Womöglich ein Messer? Bei Nacht war diese Gegend so gottverlassen, dass kein Mensch ihn hören würde, selbst wenn er sich die Lunge aus dem Leib schrie.

Oder vielleicht doch? Denn jetzt kam ein Haus in Sicht. Ein Bauernhof. Die Zivilisation. Mila blieb stehen.

»Wir sind da«, flüsterte sie, packte Linus am Arm und zog ihn hinter einen Baum am Wegrand.

»Wo sind wir?«, flüsterte er zurück.

»Da.«

Einsamer Nachtschmetterling

Neben dem Plattenweg, der zur Haustür führte, hing ein grüner Briefkasten an einem Pfahl. Links davon verlief ein breiter Traktorweg zu einer großen Scheune. Der Rasen vor dem Wohnhaus war frisch gemäht, und in seiner Mitte befand sich ein Kaninchenstall, eine dreieckige Konstruktion aus Holz und Maschendraht.

Nichts Ungewöhnliches und vor allem nirgendwo ein Hinweis, der Linus verraten hätte, was Mila hier wollte. Das einzig Ungewöhnliche waren sie: zwei Elfjährige, die mitten in der Nacht vor einem großen, aber völlig normalen Bauernhof standen.

»Brechen wir ein?«, fragte Linus.

»Quatsch!«

Immerhin – das war eine Beruhigung.

»Was dann?«

Mila nahm ihren Rucksack ab und zog den Reißverschluss ganz langsam auf, als könnte sonst ein verräterisches Geräusch entstehen. Aber das würde höchstens einen einsamen Nachtschmetterling aufschrecken. Der Hof war so dunkel und still wie die Umgebung. An allen Fenstern waren die Vorhänge zugezogen.

»Du setzt dich hierher.« Mila zog Linus zu einem Graben.

»Damit ich nasse Füße kriege oder was?«

»Mecker nicht rum, da ist kein Wasser drin.« Mila nahm ein Bindfadenknäuel aus ihrem Rucksack. »Hier, das eine Ende bindest du mir ums Handgelenk.« Sie wickelte ein Stück Faden ab.

Linus tat es, ohne Fragen zu stellen, denn das hatte ja doch keinen Sinn.

»Ich geh jetzt zum Rasen rüber. Du rollst währenddessen den Faden ab und sorgst dafür, dass er genug Spannung hat. Außerdem behältst du das Haus im Auge. Wenn sich ein Vorhang bewegt oder jemand rauskommt, ziehst du fest am Bindfaden. Dann weiß ich, dass Gefahr droht, und lege mich flach auf den Boden. Oder renne weg.«

Mila nahm ein Paar Handschuhe aus dem Rucksack und schlüpfte hinein. Danach eine schwarze Mütze. Sie setzte sie auf, zog sie sich tief in die Stirn und stopfte ihre Haare darunter. Als Nächstes holte sie ein Werkzeug hervor, eine Art Kneifzange. »So, ich geh jetzt. Und du passt auf.«

Sie sprang über den trockenen Graben und steuerte auf den Kaninchenstall zu. Zum Glück nicht allzu schnell, denn den Faden abwickeln und gleichzeitig das Knäuel festhalten, war gar nicht einfach.

Um die Kaninchen ging es ihr also. Sie wollte eines davon stehlen. Aber warum? Doch hoffentlich nicht zum Schlachten und Aufessen? Dass ihre Eltern nicht gerade reich waren, hatte er sich schon gedacht, aber ein Kaninchen stehlen und umbringen, das war denn doch …

Achtung! Der Faden hing durch! Schnell rollte Linus ihn ein Stück auf. So, jetzt war er wieder straff.

Hinter keinem Fenster ging Licht an, und es war nichts zu sehen oder zu hören, das auf nahende Gefahr hindeutete. Was Mila machte, konnte Linus nicht genau erkennen, dafür war der Kaninchenstall zu weit entfernt. Wenn sie das arme Tier bloß nicht … Aber das musste sie wohl, wie sonst sollten sie es transportieren? Wahrscheinlich würde er dann, hinten auf dem Moped sitzend, das tote Kaninchen festhalten müssen.
O Mann, worauf hatte er sich hier bloß eingelassen? Von wegen Geheimclub! Ein fieser Kaninchenmörderverein war das! Einen Augenblick lang war Linus versucht, den Bindfaden an einem Baumstamm festzumachen und davonzulaufen. Aber von hier bis nach Hause war es weit. Mindestens eine Stunde zu Fuß, wenn nicht länger.
Da kam Mila auch schon. Mit schnellen Schritten, fast schon rennend. Sie zog den Bindfaden hinter sich her, ein Glück, denn so schnell hätte er ihn nicht aufrollen können.
Wo aber war das Kaninchen?
Linus' Blick wanderte zum Stall. Mila hatte den Maschendraht nicht etwa an einer Stelle aufgeschnitten, um das Tier herauszuholen, sondern ihn komplett abgetrennt und in Stücke geschnitten.
Warum hatte sie überhaupt geschnitten? So ein Stall hatte doch ein Türchen, oder? Allmählich kapierte er gar nichts mehr.
»Los, abhauen!«, zischte Mila.
Linus kletterte aus dem Graben. Mila hielt ihm die Hand hin, er löste den Knoten, und dann liefen sie nebeneinander her zum Moped.

Dort angekommen, verstaute Mila ihre Sachen rasch im Rucksack. Er wirkte nicht praller als zuvor, also konnte kein totes Kaninchen darin sein.
»Wo ist das Kaninchen?«, fragte Linus.
»Es ist frei.«

Vielleicht war es dumm von ihm gewesen. Nein, nicht *vielleicht* – es war dumm, Punkt! Mit einem Mal durchschaute Linus die Sache. Warum war ihm nie in den Sinn gekommen, dass Mila eine Tierbefreierin war? Und nicht nur sie: er ebenfalls! Er war Mitglied in einer geheimen Tierbefreiungsorganisation. Er, Linus Homan. Ein Zitteraal schlängelte sich seine Wirbelsäule hinauf, in immer weiteren Windungen.
Kam das durch die Kälte?
Oder war es Aufregung?
Angst?
Wut?
Oder die nervenkitzlig-herzflattrige Lust am Abenteuer?
Ja, ja, ja! Es war alles zugleich.

Pferdefutter

Die Terrassentür war zum Glück noch offen. Linus hatte ein Holzscheit auf die Schwelle gelegt. Jetzt packte er es zurück auf den Stapel und trat leise ins Haus.
»Du hast bestimmt ein paar Fragen«, hatte Mila gesagt, bevor sie aufs Moped stiegen.
»Nein«, antwortete Linus. Und so war es auch. Vorher hätte er jede Menge Fragen gehabt, jetzt aber nicht. Sein Kopf war so voll, dass ihm keine einzige mehr einfiel. »Ich will nur nach Hause.«
Und da war er jetzt. Ohne es zu wollen, war er zum heimlichen Tierbefreier geworden, und als er nun die Treppe hinaufschlich, kam er sich auch noch wie ein professioneller Einbrecher vor. Für beides schien er Talent zu haben. Sich so unauffällig verhalten, dass andere ihn manchmal gar nicht wahrnahmen, das konnte er gut, das hatte er sein ganzes bisheriges Leben geübt. Ob Mila ihn deshalb ausgesucht hatte? War er ihr durch seine Unauffälligkeit aufgefallen?

Es war komisch, aber nach dieser Aktion sah er nicht nur Mila mit anderen Augen, sondern auch sich. Auf der Rückfahrt hatte er sich selbstsicher und stark gefühlt. Warum, hätte er nicht zu sagen vermocht. Womöglich war er ja ein geborener Krimineller, und die schiefe Bahn war der richtige Weg für ihn.

Linus schlüpfte ins Bett und streckte sich aus, um alles in Ruhe zu überdenken. Aber seine Gedanken irrten immer wieder wild umher.

Vielleicht sollte er doch erst einmal schlafen. Wie spät war es überhaupt? Als er den Kopf heben wollte, um auf den Wecker zu schauen, merkte er, dass er sogar dafür zu erschöpft war. Die Müdigkeit kämpfte mit dem Wachsein, ein Kampf zwischen zwei Riesen, den Linus wie ein Zuschauer verfolgte, immer wieder abgelenkt von Bildern dessen, was er erlebt hatte, aber völlig durcheinander und oft undeutlich. Am deutlichsten war das Bild von dem zerstörten Kaninchenstall, obwohl er den nur im schwachen Mondlicht gesehen hatte. Sachbeschädigung nannte man so etwas wohl. Kam man dafür ins Gefängnis, und falls ja, wie lange?

Gefängnis … Folter … Echsen … He, was war das? Hatte da nicht eben sein Vater gerufen? Was wollte der mitten in der Nacht und ausgerechnet jetzt, wo er drauf und dran war, endlich einzuschlafen?

Linus schlug die Augen auf. Es war taghell im Zimmer.

Anscheinend hatte er stundenlang geschlafen, obwohl es ihm vorkam, als hätte er die ganze Zeit wach gelegen.

Die Tür ging auf.

»Raus aus den Federn, du Faulpelz!«, sagte sein Vater. »Es ist schon fast elf. Unten ist jemand für dich am Telefon.« Und er wandte sich zum Gehen.

»Sag, dass ich zurückrufe!«, schrie Linus seinem Vater nach. So laut und patzig, dass er selbst erschrak. War das eine Auswirkung seines verbotenen nächtlichen Abenteuers?

Er beschloss, noch eine Viertelstunde liegen zu bleiben. Edmund konnte ihn mal. Und der Anrufer auch.
Schon nach einer Minute ging die Tür wieder auf. Seine Mutter.
»Bist du krank, Linus?« Er schüttelte den Kopf.
»Das Mädchen ist immer noch am Telefon und wartet.«
»Das Mädchen?«
»Mila. Die gestern hier war.«
»Ach so.«
Mila rief an – sie ihn! Bestimmt, um sich zu vergewissern, dass er nichts verraten hatte. Sollte sie ruhig noch ein bisschen warten.
Seine Mutter ging nach unten. Und erschien kurz darauf wieder.
»Mila lässt dich grüßen. Du sollst heute Nachmittag um drei zu Anneliese kommen, Plätzchen essen. Wer ist Anneliese?«
»Ihre Oma.«
Seine Mutter sagte nichts, sah ihn nur an. Vermutlich merkte sie, dass er sich verändert hatte. Dass er selbstsicherer und stärker geworden war. Und härter. Gut möglich, dass der neue Linus ihr nicht gefiel, weil sie seine dunklen Seiten erahnte.
»Iss nicht zu viele Plätzchen, sonst bekommst du Bauchschmerzen«, sagte sie schließlich.
»Es sind Haferplätzchen«, sagte Linus.
»Hafer, das ist doch Pferdefutter.« Seine Mutter rümpfte die Nase und zog dann die Tür zu.
»Ich bin ja auch ein Pferd!«, rief Linus ihr nach, wieder mit seiner neuen Stimme. Und da war etwas dran. Pferde waren stark und imposant, genau wie er.

Linus sprang aus dem Bett und gab ein Wiehern von sich. Dann zog er seinen Cowboyschlafanzug aus, schlüpfte rasch in die Kleider und setzte sich an den Schreibtisch. Er zog die Schublade auf und holte sein Tagebuch hervor.

Hallo Tagebuch. Ich weiß nicht, wo ich mit dem Erzählen anfangen soll. Ich habe unglaublich viel erlebt, so viel, dass ich in einem Rutsch die Kulimine leerschreiben könnte. Aber ich darf kein Beweismaterial schaffen.
Darum schreibe ich nichts weiter auf.
Um drei Haferkekse bei Anneliese!
Tschüss
Linus

Später einmal, wenn er genug Zeit hatte, würde er alles aufschreiben. Vielleicht im Gefängnis …

Gesottener Krebs

Mila war noch nicht da. Linus saß bei Anneliese auf dem Sofa, vor einem Teller mit ofenfrischen Plätzchen. Etwa fünfzehn Stück waren es, sie lachten ihn schon die ganze Zeit an und schienen zu rufen: »Iss mich! Iss mich!«
Anneliese hatte ihm die Plätzchen nicht extra angeboten, was aber auch heißen konnte, dass er sich einfach bedienen durfte. Und in dem Fall wäre es sogar unhöflich, sie stehen zu lassen.
»Mila kommt gleich«, sagte Anneliese, die sich auf einem Sessel niedergelassen hatte. »Sie muss erst noch mit ihren Eltern fertig streiten.«
»Streiten? Warum?«
Hoffentlich ging es nicht um letzte Nacht, weil Milas Eltern etwas gemerkt hatten.
»Ach, nur so. Grund zum Streiten gibt's immer bei den drei Sturköpfen.«
Linus hatte nie Streit mit seinen Eltern. Streiten war im Hause Homan verpönt. Das heißt, sein Vater regte sich öfter mal auf und schimpfte vor sich hin, aber das fiel nicht unter Streit, denn allein streiten konnte man ja schlecht.
»Mickie hat früher auch immer mit mir gestritten«, fuhr Anneliese fort.
Mickie – das musste Milas Mutter sein.
»Ich selber bin absolut kein Sturkopf.« Anneliese setzte ein

ganz und gar harmloses Gesicht auf. »Ich denke, das hat sie von ihrem Vater.«
Milas Opa, aha.
»Wohnt der eigentlich nicht hier?«, rutschte es Linus heraus, und im nächsten Augenblick war ihm die Frage peinlich, denn dass der Opa nicht hier wohnte, war klar. Aber er konnte ja nicht fragen: Ist er tot? Oder: Seid ihr geschieden?
»Nein. Keine Ahnung, wo er jetzt ist. Vielleicht in Amsterdam oder Berlin oder Moskau. Magst du heute keine Plätzchen?«
»Doch.«
»Warum isst du dann keine?«
Na also: Hier lief es eben anders als zu Hause. Schnell steckte Linus ein Plätzchen in den Mund.
Und dann platzte plötzlich ein Feuerball herein und sauste wie wild durchs Zimmer. Mila.
»Geh in den Garten, Liebes, bis deine Wut verraucht ist«, sagte Anneliese. »Da kannst du toben, so viel zu willst.«
Der Feuerball rollte ins Freie. Zum Glück ging die Terrassentür leicht auf, sonst hätte es sicherlich Scherben gegeben.
»Negative Energie im Haus kann ich nicht gebrauchen«, erklärte Anneliese. »Die setzt sich sonst stundenlang fest.«
Linus konnte nur nicken, weil er den Mund voll hatte. Außerdem hatte er keine Ahnung, was Anneliese mit negativer Energie meinte.
»Harry und Mickie sind in Ordnung, nur verstehen sie Mila leider nicht.«
»Und … Sie … äh … du …« Krümel sprühten aus Linus' Mund. »Du schon?«

Draußen erklang Gebrüll. Wenn Linus ein Pferd war, dann war Mila ein Löwe.
»Darum hab ich darauf bestanden, dass sie hierherziehen«, sagte Anneliese.
»Wie bitte?«
»Ach, das hätte ich nicht sagen sollen. Aber eigentlich ist es egal, du kannst es ruhig wissen: Ich hab schamlos übertrieben.«
Linus verstand noch immer nicht.
Anneliese lächelte verschwörerisch und sagte: »Ich hab so getan, als würde ich allein nicht zurechtkommen, als würde ich Hilfe brauchen. Damit sie hierherziehen. So kann ich mich ein bisschen um Mila kümmern. Wo sie früher gewohnt hat, ist es nämlich gar nicht gut gelaufen.«
»Echt?«
»Ich bin froh, dass ihr beide befreundet seid. Mila findet nicht so leicht Freunde.«
»Nein?«
Das war ja hochinteressant …
Anneliese nahm sich jetzt auch ein Plätzchen, biss aber nicht hinein, sondern behielt es in der Hand, den Blick zum Garten gerichtet.
»Ich hab Mickie früher durch die halbe Welt geschleppt und mir nicht genügend Zeit für sie genommen.«
»Wo warst du denn so?«
»Überall, wo es was zu erleben gab.«
Mila kam wieder herein, den Kopf rot wie ein gesottener Krebs, und ließ sich wie ein Kartoffelsack neben Linus aufs Sofa plumpsen.

Linus beobachtete sie nachdenklich von der Seite. Inzwischen wusste er so einiges über sie …
Langsam nahm ihr Gesicht wieder die normale Farbe an.
»So, ich geh dann mal.« Anneliese erhob sich. Anscheinend hielt sie es nicht für nötig, Mila zu fragen, was vorgefallen war.
»Wo gehst du hin?«, fragte Linus.
Anneliese nahm sich noch eine Handvoll Plätzchen. »In meinen Bridgeclub. Wie jeden Samstagnachmittag. Ich muss los, bin spät dran.«

Dicke Honigbiene

Und fort war sie. Auf dem Teller lagen noch fünf Plätzchen.
»Wir müssen den Plan besprechen«, sagte Mila.
»Was für einen Plan?«
»Den für heute Nacht.«
»Heute Nacht?«
Linus hätte lieber erst einmal über die letzte Nacht geredet.
»Aber vielleicht hast du noch Fragen zu der Kaninchenaktion«, sagte Mila auch schon.
Als hätte sie seine Gedanken gelesen. Das kannte er von keinem seiner anderen Freunde. Linus lächelte unmerklich.
»Warum hast du mit deinen Eltern gestritten?«
Das interessierte ihn momentan am meisten.
»Eltern sind kein Thema für mich.«
»Warum streitest du dann mit ihnen?«
»Weil sie Diktatoren sind und mir alles Mögliche vorschreiben.«
Wie Diktatoren hatten Harry und Mickie nicht gerade ausgesehen, fand Linus. »Was schreiben sie dir denn vor?«, fragte er.
»Zum Beispiel, dass ich Tiere essen soll.«
»Tiere?«
»Ermordete, zerstückelte Tiere. Fleisch nennen sie das.«
»Ach so … Fleisch.«
Mila war also Vegitanerin oder wie das hieß. Das erzählte er

zu Hause besser nicht, weil sein Vater oft über Leute spottete, die Fleisch ablehnten.
»Wofür halten die mich denn?«, ereiferte Mila sich. »Ich stopfe doch keine Leichenteile in mich rein!«
Linus hielt es für klüger, das Thema zu wechseln, bevor die Rede darauf kam, was er so alles in sich hineinstopfte.
»Okay, also der Plan für heute …«
»Ist dir klar, dass Fleisch aus Muskeln besteht? Mit Adern, Blut, Sehnen und all so was?« Sie nahm ihn streng ins Visier.
Anderes Thema … schnell!
»Was … äh … was soll denn heute Nacht laufen?«
Jetzt bloß nicht an Blut und so denken, lieber noch ein Plätzchen essen.
»Wie findest du eigentlich den Club?«, fragte Mila.
»Ich finde den Namen langweilig.«
»Der Name ist gut, wenn man ihn nämlich aus Versehen sagt, weiß keiner, worum es geht.«
»Das weiß man auch bei einer Abkürzung nicht, zum Beispiel bei CFLT für Club für lebende Tiere. Lebend im Gegensatz zu tot, meine ich.«
»Hm, gute Idee. Du kannst dir ja was ausdenken, aber was Besseres als Club für lebende Tiere.«
Er durfte sich einen Namen ausdenken! Und das, obwohl er erst seit Kurzem dazugehörte.
»Okay. Erzählst du mir jetzt, wer noch alles dabei ist?«
»Nein. Der Club ist nämlich in Zellen organisiert.«
»In was bitte?«
»In Zellen. Das musst du dir vorstellen wie bei einer Honigwa-

be. Du und ich, wir gehören zu einer Zelle. Wer in den anderen Zellen ist, wissen wir nicht.«
»Warum nicht?«
»Aus Sicherheitsgründen. Wenn einer vom Club erwischt wird und alles ausplaudert, dann fliegt nicht gleich die ganze Organisation auf.«
»Ah, so ist das …« Das musste er gründlich überdenken, aber nicht jetzt. »Und was ist für heute Nacht geplant?«
»Erst will ich wissen, was du über den Club denkst.«
»Ist doch egal. Ich kann sowieso nicht mehr zurück. Wo ich doch ewige Treue geschworen hab.«
Mila nahm ein Plätzchen, biss hinein und ließ Linus dabei nicht aus den Augen.

Konnte er nicht mehr zurück oder wollte er nicht mehr? Diese Frage summte in seinem Kopf herum wie eine dicke Honigbiene, die sich nicht verscheuchen ließ. Bisher hatte er sich noch keine richtige Meinung bilden können. Was Mila getan hatte – ein Kaninchen freilassen und seinen Stall zerstören – war eigentlich nicht in Ordnung, denn sowohl das Kaninchen wie auch der Stall gehörten jemandem. Aber komischerweise fand er es nicht wirklich schlimm. Es bereitete ihm allenfalls ein leicht ungutes Gefühl. Dass Mila ihn dabeihaben wollte, dass sie von allen Menschen auf der Welt, oder besser gesagt, aus ihrem Dorf gerade ihn ausgesucht hatte, war eine tolle Sache. Und er hatte bisher auch nichts Schwieriges machen müssen, nur den Bindfaden festhalten und aufpassen, dass niemand sie ertappte.

Anscheinend fand Mila, dass die Stille lange genug gedauert hatte, zumal sie in der Zwischenzeit mehrere Plätzchen gegessen hatte.
»Willst du denn zurück?«, fragte sie. »Ich meine, willst du austreten?«
»Ich will wissen, warum du gerade mich gefragt hast.«
Mila zuckte die Schultern. »Ich dachte eben, du bist geeignet.«
»Geeignet als Bindfadenhalter oder was?«
Mila wandte sich ihm zu und hob den Zeigefinger. »Dafür braucht es mehr. Man muss Charakter haben. Charakter und Kraft und Mut.« Sie betonte jedes Wort, indem sie mit dem Finger in die Luft stach.

Linus fühlte sich, als würden in seinem Innern Ballons aufgeblasen und Girlanden aufgehängt. Er, Linus Homan aus Veenholten, Drente, Niederlande, hatte Charakter, Kraft und Mut – Eigenschaften, die man als Clubmitglied brauchte. Diese Eigenschaften hatte er wohl schon immer gehabt, aber niemand hatte sie erkannt. Bis auf Mila.
Er sah Mila an. Und Mila sah ihn an. Sie machte kein anderes Gesicht als sonst. Aber vielleicht war sie ja heimlich in ihn verliebt? Gut möglich, denn er hatte Charakter, Kraft und Mut.
Halt! Nicht gleich übertreiben …
Vielleicht geschah es irgendwann. Das mit dem Verlieben. Oder das Ganze war als Test gedacht, ob er gut genug für sie war.
Mit einem Mal, als hätte jemand per Fernbedienung sein Denken umgeschaltet, sah er Elias vor sich: den schlaksigen Elias mit seinem spitzen blassen Gesicht.

Mit Elias hatte er noch nie etwas wirklich Spannendes unternommen. Und Linus kamen Zweifel, ob sie eigentlich wirklich Freunde waren. Es war ja eher so, dass sie dies und das zusammen machten, weil man ja nicht alles allein machen konnte. Ein himmelweiter Unterschied zu dem, was er mit Mila erlebte.

»Hast du sonst noch Fragen?« Sie musterte ihn mit hochgezogenen Augenbrauen.

»Was denn für Fragen?«

»Zum Beispiel, was ich so mache. Das heißt, was der Club so macht.«

»Okay: Was machst du so? Und was macht der Club?«

Mila seufzte.

»Vergiss es. Kommen wir zu heute Nacht. Zu unserer nächsten Aktion. Sei um 00:53 Uhr am bekannten Treffpunkt.« Ohne ein weiteres Wort darüber, was genau geplant war, stand sie auf. »Mal sehen, ob Oma noch was zu naschen hat.«

Der Plätzchenteller war leer.

Braunes Pferd

Nachts aus dem Haus zu schleichen, war ein Kinderspiel. Es machte Spaß. Und aufregend war es auch. Linus fragte sich, warum er das nicht schon öfter gemacht hatte. Nun ja, er wusste, warum. Und eigentlich war es ja auch völliger Wahnsinn. Er wollte sich gar nicht vorstellen, wie seine Eltern reagieren würden, wenn sie ihn erwischen würden. Und trotzdem: Es war reizvoll, wenn man einen Plan, ein Ziel hatte. Und genau das war jetzt der Fall.

Auf Annelieses Moped brausten sie die Straße entlang. Vielleicht nicht allzu schnell, aber am schnellsten von allen. Weil außer ihnen niemand da war. Die Straße gehörte ihnen und die Nacht ebenfalls, das gab ein Gefühl von Macht. Das Knattern des Mopeds zerriss die Stille, sein Scheinwerfer schnitt in die Dunkelheit.

Und das war gut, denn sie waren unterwegs, um die Welt zu retten. Jedenfalls einen Teil davon: ein Tier. Tiere sollten leben dürfen, wie sie wollten, das hatte Mila ihm am Nachmittag erklärt.

»Kaninchen gehören nicht in Ställe. Und schon gar nicht allein. Sie wollen mit Artgenossen zusammensein, im Boden buddeln und herumhoppeln. Alles, was sie von Natur aus wollen, können sie in einem kleinen Stall nicht.«

Woher wusste Mila so genau, was Kaninchen wollen? Eine gute Frage. Linus hatte sie aber nicht gestellt. Nun, da er endlich zum Club gehörte, fiel es ihm im Traum nicht ein, alles mit einer vielleicht dummen Frage aufs Spiel zu setzen. Er musste vorsichtig sein. Bei einem Mädchen wie Mila war das schnell passiert.
Er hatte eine andere Frage gestellt, die ihm unverfänglicher schien.
»Warum hast du eigentlich den Stall kaputt gemacht?«
»Weil der ein Foltergerät ist«, lautete Milas Antwort. »So was darf es überhaupt nicht geben.«
»Hast du das schön öfter gemacht? Ich meine, Kaninchen befreien?«
»Ja.«
»Dort, wo du früher gewohnt hast?«
»Ja. Beim letzten Mal wäre es beinahe schiefgegangen, weil plötzlich ein Mann aufgetaucht ist. Ich hab gerade noch wegrennen können. Danach hab ich mich eine Weile zurückgehalten.«
»Und dann seid ihr umgezogen?«
Sie nickte und meinte lachend: »Jetzt hab ich ja Hilfe.«
Wenn Mila wütend war, glich ihr Gesicht einer Feuerwerksbombe kurz vorm Explodieren. Aber wenn sie lachte, war es, als strahlten alle Sterne am Himmel.

Sie hielten an, stiegen ab, und Mila lehnte das Moped an einen Baum. Linus hatte keinen Schimmer, wo sie waren. Die ganze Fahrt über hatte er an gestern gedacht und nicht auf den Weg

geachtet. Nirgends sah er ein Haus oder einen Hof, auch keinen Kaninchenstall. Nur eine umzäunte Wiese, zumindest so weit er im Dunkeln sehen konnte.
»Wo ist das Kaninchen?«, fragte er.
»Hier ist keins.«
Linus war davon ausgegangen, dass es wieder um die Befreiung eines Kaninchens gehen würde, deshalb hatte er am Nachmittag keine Fragen dazu gestellt.
Mila holte ein Seil aus ihrem Rucksack, kein Bindfadenknäuel wie in der vorigen Nacht, sondern ein langes, kräftiges Seil, das sie sich über die Schulter warf.
»Was hast du vor?«
Mila nickte zur Wiese hin.
Dort war nichts zu sehen. Außer einem braunen Pferd, das ganz ruhig dastand.
Auf einer Weide hatte ein Pferd genug Auslauf und konnte nach Belieben traben und galoppieren. Was gab es daran auszusetzen?
Mila öffnete das Gatter.
»Du willst doch nicht etwa … Nein, das kannst du nicht machen!«
»Was kann ich nicht machen?«
»Das Pferd freilassen.«
»Quatsch, das wär viel zu gefährlich.«
»Was willst du dann machen?«
Sie gab keine Antwort, sondern ging in einem weiten Bogen auf das Tier zu.
»Also? Was machen wir hier?«, fragte Linus, der ihr mit ein

paar Schritten Abstand folgte. Mit »wir« klang der Satz gleich viel besser.
Eine Antwort bekam er trotzdem nicht. Mila stand inzwischen bei dem Pferd. Sie nahm das Seil von ihrer Schulter und band es vorsichtig um seinen Hals. »Komm mit.« Sie zog sanft, während sie das Tier streichelte und tätschelte. Es setzte sich in Bewegung.
Mila war lieb – zu dem Pferd jedenfalls.
»Stehlen wir es?« Linus ging nachdenklich hinter ihr und dem Pferd her.
»Mannomann, du kapierst aber auch gar nichts!«
War das wieder ein Test? Ein Ist-Linus-gut-genug-Test?
»Ich bin kein Hellseher«, sagte er. »Brownie hat es hier auf der Weide doch gut.«
So – er hatte seine eigene Meinung, auch wenn Mila ihm anscheinend keine zutraute, und hielt damit nicht hinterm Berg. Außerdem war ihm auch gleich ein guter Name eingefallen.
Mila reagierte nicht. Sie redete auf das Pferd ein, allerdings so leise, dass er nichts verstand.
»Linus, du musst aufpassen«, sagte sie plötzlich über die Schulter hinweg.
Sie hatte »Linus« gesagt, zum ersten Mal hatte sie seinen Namen gesagt. Das verursachte ihm ein angenehmes Bauchkribbeln, aber nur kurz, denn so besonders war es auch wieder nicht, dass sie ihn mit seinem Namen anredete.
»Aufpassen?«
»Ja, aufpassen, ob jemand kommt!«
»Wer sollte denn mitten in der Nacht auf eine Weide gehen?«

»Tu einfach, was ich dir sage. Und das Moped musst du auch schieben.«

»Was machen wir jetzt?«, fragte Linus, als er das Moped neben Mila und Brownie herschob.

»Ein Stück laufen.«

Pferde-Begrüßung

Es war in der Tat ein Stück. Oder besser gesagt: ein ziemlich langes Stück. Linus fiel es schwer zu schätzen, wie lange sie bereits unterwegs waren. Im Dunkeln war das irgendwie schwieriger als bei Tag, aber eine halbe Stunde waren sie bestimmt schon gegangen.
Dabei war kaum ein Wort gefallen. Und auch sonst war nichts gewesen. Bei einem Geheimclub mitzumachen, bedeutete offenbar nicht, dass in einem fort etwas Spannendes oder Aufregendes passierte. Die Aktionen konnten auch ruhig ablaufen. Oder war es nur die Ruhe vor dem Sturm?
Mila ließ Brownie nach Möglichkeit auf dem Grünstreifen gehen, manchmal aber geriet er auf den Asphalt, und dann klackerten seine Hufe in einem beruhigenden Rhythmus. Es war, als ginge da eine Familie, bestehend aus zwei Kindern und einem Pferd, durch die Nacht, in einer kleinen Welt, deren Grenzen von der Dunkelheit bestimmt wurden. Linus war zumute, als hätten sie nie etwas anderes getan als gemeinsam die Straße entlanggehen und als würde ihr Weg nie ein Ende nehmen.
Das mit dem Filzstift war eine gute Idee: Linus' Turnschuhe waren auf dem Asphalt nicht zu sehen – Schwarz auf Schwarz. Ein Spionagesatellit im Weltraum würde ihn nicht ausmachen können, wäre nicht das rot lackierte Moped gewesen.

Mila hatte sich nicht zu dem schwarzen Cape geäußert, weder gestern noch heute. Vielleicht war ihr gar nicht aufgefallen, dass es sich um ein Zorro-Cape handelte. Linus jedenfalls hatte das Gefühl, dass es ihm eine zusätzlich Portion Kraft und Mut verlieh, und das konnte er für das nächtliche Abenteuer gut gebrauchen.
»Wir sind da«, flüsterte Mila.
Linus blickte sich um. Viel zu sehen war nicht, nur ein paar Bäume und mehrere Pferde auf einer Koppel. Einige lagen auf dem Boden, andere standen.
»Mach das Gatter auf«, befahl Mila.
Wollte sie etwa all die Pferde mitnehmen? Nein, dafür war nicht einmal Mila verrückt genug.
Linus lehnte das Moped an einen Baum, dann öffnete er das Gatter. Mila führte Brownie auf die Weide. Dort angekommen, löste sie das Seil und streichelte den Hals des Tiers.
»Viel Spaß«, sagte sie und klapste es leicht, zum Zeichen, dass es loslaufen sollte. Brownie blieb noch einen Moment stehen, dann zockelte er auf die anderen Pferde zu.
Mila ging zurück zu Linus, der beim Gatter stehen geblieben war.
»Hoffentlich kriegen sie keinen Streit«, sagte sie.
»Streit?«
»Könnte passieren, sie müssen sich ja erst mal aneinander gewöhnen.« Sie schloss das Gatter. »Ich lese viel und kenne mich mit Tieren aus. Nicht, dass du denkst, ich mach solche Sachen einfach aufs Geratewohl.«
Plötzlich erklang ein lautes, hohes Wiehern. Linus sah, dass

Brownie ein anderes Pferd beschnüffelte. Das Pferd beschnüffelte ihn ebenfalls und schnaubte zwischendurch. Vielleicht war das eine Pferdebegrüßung.

»Jetzt steht Brownie auch wieder auf einer Weide, genau wie vorher. Ich versteh ehrlich gesagt nicht, was das Ganze soll«, sagte Linus.

»Pferde sind Herdentiere«, erklärte Mila. »Wenn man sie allein hält, leiden sie.«

Eines der Pferde stieß ein gellendes Wiehern aus und stampfte mit dem Vorderhuf auf. Ein anderes bäumte sich auf.

»Sieht nicht so aus, als hätten sie Spaß miteinander«, wandte Linus ein.

»Noch nicht, aber demnächst schon«, sagte Mila.

»Und was bringt das? Der Besitzer holt sich sein Pferd garantiert wieder.«

»Mag sein. Aber es ist ein Statement.«

»Ein was?«

»Ein Statement. Das heißt, man drückt klar und deutlich aus, was man von einer Sache hält.«

»Ein Statement, okay.«

Mila bückte sich und holte einen Hammer und einen Nagel aus dem Vorderfach ihres Rucksacks. Und aus dem Rucksack selbst ein zusammengefaltetes Stück Karton. »Hier.« Sie hielt Linus den Karton hin.

Er nahm ihn, faltete ihn auf und las:

PFERD ALLEIN
IST GEMEIN

Und darunter stand, in kleinerer Schrift, weil es sonst nicht hingepasst hätte:

ALLE PFERDE BRAUCHEN EINE HERDE

»Willst du das hier aufhängen?«, fragte Linus. Er spürte Stiche im Bauch wie von einer Gabel. Einer Protestgabel ... oder war es eine Angstgabel?

»Klar. Sonst kapiert keiner, warum wir das getan haben. Die Leute sind ja so doof.«

»Aber ... an dem Karton sind Spuren dran. Von dir.«

Und jetzt auch von ihm. Linus ließ den Karton fallen, als hätte er sich die Hände daran verbrannt. Obwohl es längst zu spät war. Er hatte genug Krimiserien gesehen, um zu wissen, dass man Verbrecher anhand von Fingerabdrücken und DNA-Spuren überführen konnte.

»Ach was, die werden schon nicht mit ihrer Spurensicherung anrücken«, sagte Mila. »Schließlich haben wir das Pferd nicht gestohlen, sondern nur woandershin gebracht.« Sie nahm Hammer und Nagel und befestigte das Schild an einem Zaunpfahl. Dann kletterte sie auf das Gatter. »Komm, setz dich her«, sagte sie und klopfte neben sich auf den Balken.

Goldfisch im Glas

Nebeneinander sitzend, beobachteten sie die Pferde, die sich allmählich beruhigten. Über dem in der Dunkelheit grauen Gras lag leichter Nebel. Und am Himmel blinkten Sterne, wenn auch nicht so viele wie in der Nacht davor. Beste Voraussetzungen für eine romantische Stimmung. Fehlte nur die Romantik. Und ein Mädchen, das etwas für Romantik übrighatte.

»Der Goldfisch. Im Glas. Das geht echt nicht.«

Es dauerte ein Weilchen, bis Linus klar wurde, dass Mila von Flossi sprach.

»Aber darauf bist du vermutlich schon selber gekommen, oder?«

Mila schwang die Beine über das Gatter und sprang an der anderen Seite ab.

Was sollte das nun wieder? Worauf hätte er selber kommen sollen? Was hatte diese Pferdegeschichte mit Flossi zu tun?

Mila saß bereits auf dem Moped. Der Motor heulte auf, und schlagartig empfand Linus die Umgebung nicht mehr als friedlich und märchenhaft, sondern als finster und bedrohlich.

Ein Vorteil bei Elias war, dass man bei ihm nicht dauernd auf der Hut zu sein brauchte. Dass man bei ihm nicht ständig das Gefühl hatte, etwas falsch gemacht zu haben und der letzte

Trottel zu sein. Das lag wahrscheinlich daran, dass Elias oft derjenige war, der sich dumm anstellte, und Linus sich dann überlegen fühlen konnte.

Beim Ortschild von Veenholten hielt Mila an und stellte den Motor ab. Weil es im Dorf, so erklärte sie Linus, jede Menge Leute gab, die den lieben langen Tag am Fenster standen, um nur ja nichts zu verpassen, über das sie sich den Mund zerreißen konnten. Jetzt, mitten in der Nacht, schliefen die meisten, aber es war besser, kein Risiko einzugehen.
Also gingen sie das letzte Stück bis zum Eschenwall zu Fuß. Die Helme behielten sie vorsichtshalber auf für den Fall, dass doch jemand seine schlaflose Neugiernase aus dem Fenster steckte.
Mila schob das Moped in den Gartenschuppen hinter Annelieses Haus. »Bis morgen«, flüsterte sie. »Sonntag ist der beste Tag für neue Pläne. Du kannst ja am Nachmittag kommen und abends bei uns essen.«

Linus ging durch die nächtlichen Straßen und atmete die Stille ein. Die Stille einatmen, das wirkte beruhigend. Plötzlich hatte er das Gefühl, alles wäre gut. Kein Grund, sich irgendwelche Sorgen zu machen.
Was vor Dienstag geschehen war, war Geschichte, so wie alles aus dem neunzehnten Jahrhundert. Ihm schien, als hätte sein Leben erst jetzt so richtig angefangen, als wäre er endlich mittendrin und nicht mehr, wie vorher, ein Zuschauer am Rande. Was er und Mila machten, war repus-gut. Tieren helfen – das

konnte einfach nicht falsch sein. Auch wenn es den Besitzern der Tiere nicht gefiel und es im Grunde verboten war.
Wenn man sie nun erwischt hätte, was hätten seine Eltern dann gesagt? Ach was, die sollten lieber den Mund halten, wo sie doch selbst alles Mögliche falsch machten.
Aber da meldete sich doch ein Zweifel: Wenn der Club aufflog, würde er Mila dann noch sehen? Außer in der Schule? Momentan brauchte sie ihn – jetzt hab ich ja Hilfe, hatte sie gesagt –, aber wie würde das später aussehen?

Wieder schlich Linus durch die angelehnte Terrassentür ins Haus. Etwas gut zu können, war ein tolles Gefühl, auch wenn es etwas Verbotenes war wie nachts herumschleichen.

Brüllaffe

Das Sonntagmorgenfrühstück war ein »fester Homan-Termin«, wie Linus' Eltern es nannten. Was bedeutete, dass jeder anwesend zu sein hatte – und das ziemlich lange. Schön war, dass es warme Aufbackbrötchen, frisch gepressten Orangensaft und weiche Eier gab und dass der Tisch hübsch gedeckt war, mit einem bunten Tischtuch und passenden Servietten.
Zum Glück war Linus nach seiner Rückkehr schnell eingeschlafen, sodass er keine Mühe mit dem Aufstehen hatte. Sein neues Dasein als illegaler Tierbefreier kam ihm schon fast normal vor, jedenfalls raubte es ihm nicht den Schlaf.
Linus hatte so großen Hunger, dass er ein ganzes Pferd hätte verschlingen können. Ein Pferd ... er musste lachen, aber nur innerlich. Er gab sich alle Mühe, keine Miene zu verziehen, nur sein Bauch zuckte.
Er strich Butter auf ein Brötchen und belegte es mit gekochtem Schinken.
Muskeln, Adern, Blut und Sehnen ... nein, daran durfte er jetzt nicht denken. Er aß ja nur sein Frühstücksbrötchen. Ob gekochter Schinken auch unter Fleisch fiel? Wohl eher nicht, die Scheiben waren ja hauchdünn.
Er musste Mila dazu bringen, dass sie mit diesem Gerede über Fleisch aufhörte.
»Heute fahren wir mit meinem Auto, Edmund«, sagte seine

Mutter gerade. »Jeder sollte etwas für die Umwelt tun, also auch wir.«
»Dann setz ich eine Sonnenbrille auf und kleb mir einen Schnurrbart an«, gab sein Vater zurück. »Nicht dass mich jemand in dieser Nuckelpinne erkennt.«
»Wo wollt ihr denn hin?«, fragte Linus.
»Wir fahren zu Oma nach Meppel«, antwortete seine Mutter. »Heute Nachmittag. Und zwar wir alle.«
»Ich kann nicht, ich hab was vor.«
»Mund zu!«, fuhr sein Vater ihn an. »Oder meinst du, wir wollen dir beim Kauen zusehen. Und im Übrigen kommst du mit.«
»Auf keinen Fall.«
»Auf *jeden* Fall!«
»Ich kann aber echt nicht!«
Alle Blicke waren auf Linus gerichtet. Dass er etwas wollte und darauf beharrte, war neu. Aber daran würden seine Eltern sich gewöhnen müssen. Sie würden schon noch merken, dass er ein anderer geworden war. Und für heute hatte er nun mal eine wichtige Verabredung. Erst würde er mit Mila Pläne schmieden und danach war er zum Essen bei ihr eingeladen. Wer auf der ganzen Welt konnte von sich behaupten, bei Mila Romein essen zu dürfen? Niemand, außer ihm!
»Du kommst mit.« Linus' Vater nahm sich ein Weizenbrötchen und schnitt es mit einem scharfen Messer auf. Ganz langsam und präzise, als würde er eine Operation durchführen.
»Was hast du denn Wichtiges vor?«, fragte seine Mutter.
»Ich bin verabredet.«

»Wir sind auch verabredet. Mit Oma.«
»Wie soll ich das wissen? Ihr habt kein Wort davon gesagt.«
»Dein Pech«, beschied Edmund ihm kurz. »Wenn du volljährig bist, kannst du selber entscheiden, was du tust. Bis dahin habe ich das Sagen – so einfach ist das.«
»Ach so? Bin ich vielleicht euer Sklave?«
In Amerika gab es früher Sklavenhaltung. Die Sklaven mussten den ganzen Tag Baumwolle pflücken und andere schwere Arbeit verrichten, für die sie noch nicht einmal bezahlt wurden.
»Einen Sklaven könnte ich allerdings gut gebrauchen.« Edmund grinste und klappte das Brötchen auf.
»Ihr habt nicht über mich zu bestimmen«, sagte Linus. »Ich entscheide selber, was ich will. Und ich geh nicht mit nach Meppel.«
Edmund köpfte sein Ei.
»Das ist nicht nett von dir, Linus«, sagte seine Mutter. »Wer weiß, wie lange wir unsere Oma noch haben. Sie …«
»Lass nur, Tina«, sagte Edmund. »Linus ist eben auf dem Ego-Trip.«
Ego-Trip? Was auch immer das heißen mochte, es klang nicht schön. Aber das nahm er gern in Kauf, wenn er nur nicht mit nach Meppel musste.
»Nun sag schon: Was hast du vor?«, fragte seine Mutter.
»Linus ist verli-hiebt«, plapperte Marlies dazwischen.
»Jaaaaa?«
Das lang gezogene A seines Vaters schien einen weiten Bogen durch die Luft zu beschreiben.

»Gar nicht wahr«, sagte Linus schnell, aber es klang so wenig überzeugend, dass es ebenso gut »stimmt genau« hätte heißen können.
Sein Vater machte sich mit dem Löffel über das skalpierte Ei her.
»Ich weiß das von Jannis aus deiner Klasse, der hat es auf dem Schulhof rumposaunt.« Marlies sah sich triumphierend um. »Ganz laut. Ich hab's genau gehört.«
»Jannis ist ein blöder Brüllaffe. Ich hab nur kurz mit einem Mädchen geredet.«
»Und warum wirst du dann so rot?«, fragte sein Vater.
»Neck ihn nicht, Edmund«, sagte Tina.
Dass es nicht mehr um die Fahrt nach Meppel ging, buchte Linus als Vorteil, auch wenn ihm das Thema Verliebtsein höchst unangenehm war. Immerhin, es sah ganz so aus, als hätte er den Meppel-Kampf gewonnen. Und sollten seine Eltern das anders sehen, war es ihm egal. Er beschloss, sich sicherheitshalber gleich nach dem Frühstück zu verdrücken.

Assel-Rettung

Zum Glück wusste Linus, wo er Unterschlupf finden würde.
»Hallo, Linus. Komm nur rein.«
Im Wohnzimmer setzte er sich, wie gewohnt, aufs Sofa.
»Schön, dass du gekommen bist«, sagte Anneliese. »Ich könnte Hilfe im Garten gebrauchen. Oder bist du mit Mila verabredet? Kommt sie auch gleich?«
»Nein, ich treffe sie erst heute Nachmittag.«

Die Gartenarbeit hatte Linus sich leichter vorgestellt. Es ging darum, ein paar Stauden umzupflanzen, jede Menge Unkraut zu jäten und Zweige mit der Gartenschere klein zu schneiden. Jetzt konnte er verstehen, warum sie zu Hause nur hässliche Betonplatten und ein paar wenige Sträucher hatten.
Tiere gab es in Annelieses Garten zuhauf, Tierchen besser gesagt. Linus bewahrte eine Assel davor, lebend begraben zu werden. Wieder ein Tier gerettet! Dafür müsste es eigentlich eine Clubmedaille geben.
Danach backte Anneliese Pfannkuchen. Einfach so, weil sie gerade Lust dazu hatte.
»Erzählst du mir etwas?«, fragte Linus, als er seinen zweiten mit Marmelade bestrichenen Pfannkuchen aufrollte. »Was Schönes von früher?«
Anneliese füllte Teig in die Pfanne.

»Was Schönes? Hm, ich weiß nichts.«
Wie bitte? Wenn man die halbe Welt bereist hatte, konnte man doch bestimmt ganze Bücher über seine Erlebnisse schreiben. Linus tat, als würde er nachdenken, dabei wusste er bereits, was er hören wollte.
»Erzähl mir doch etwas von Milas Opa«, sagte er schließlich.
»Tja nun, mit Milas Opa war es nicht immer schön. Mal sehen, ob mir was anderes einfällt.«
Linus hielt den Blick auf Annelieses Rücken gerichtet. Wenn es bei ihnen zu Hause Pfannkuchen gab, durfte man sie erst essen, wenn auch seine Mutter am Tisch saß.
Anneliese drehte sich um.
»Ich hatte mal einen Freund, der war Sänger in einer Rockband. Das war noch vor Grishenka.«
»Grisch-was?«
»Grishenka, der russische Seiltänzer.«
Linus konnte nicht fragen, was es mit Grishenka auf sich hatte, weil er sich gerade den ganzen Pfannkuchen in den Mund gestopft hatte, nur um zu testen, ob das ging. Es ging.
Anneliese hob die Pfanne vom Herd, warf den Pfannkuchen in die Luft, wo er sich drehte, und fing ihn gekonnt wieder auf.
»Witzige Jungs waren das, diese Rocker. Engländer. Sie konnten meinen Namen nicht aussprechen, darum haben sie mich Angie genannt. Sie haben sogar ein Lied extra für mich geschrieben.«
Mit proppenvollem Mund kaut es sich nicht gut, stellte Linus fest.

Anneliese stellte die Pfanne wieder auf den Herd und drehte die Temperatur höher.
»Mickie hieß der Sänger. Das war vielleicht ein Kerl, sag ich dir …«
Mickie, aha! Das klang ja interessant. Linus kaute, als gälte es, einen Rekord aufzustellen, während Anneliese, mit dem Rücken zu ihm, verträumt aus dem Fenster schaute.
So, letzter Haps … geschafft!
»Ist dieser Mickie Mickies Vater?«
»Nein, das ist Grishenka, der russische Seiltänzer. Obwohl, heute wird der wohl nicht mehr seiltanzen. Magst du noch einen Pfannkuchen?«

Pferde in Panik

Als Mila am Nachmittag kam, liefen sie ein Stück, wie Anneliese es nannte. »Ein Stück laufen« klang viel besser als spazieren gehen. Linus hasste Spaziergänge. Manchmal bekamen seine Eltern einen Rappel und wollten unbedingt einen Spaziergang machen, einen Familienspaziergang, versteht sich. Dass sich mit jedem Schlurfschritt die Schuhsohlen weiter abnutzten, war noch das Spannendste an diesen Unternehmungen.
Die Sonne drang nicht so recht durch die Wolkendecke. Anneliese zeigte ihnen Pflanzen und Pilze und nannte deren Namen. Sie hießen Griesegraue Waldtulpe und Knöteriger Moraststinker oder so ähnlich.
»Deine Mutter hat bei uns angerufen«, sagte Mila plötzlich so leise, dass Anneliese es nicht hören konnte. »Vor etwa einer Stunde.«
Woher wusste seine Mutter Milas Nummer?
»Sie sucht dich«, flüsterte Mila. »Sie hat gesagt, dass ihr eigentlich nach Meppel wolltet.«
Auch das noch! Sie waren also nicht gefahren, sondern hatten stattdessen eine Suchaktion gestartet.
»Du musst sie anrufen«, sagte Mila. »Sonst gibt's Ärger, und das können wir nicht gebrauchen.«
Muffligerschlammwurznochmal! Wenn er anrief, hieß es natürlich, er solle sofort nach Hause kommen. Und wenn er es

nicht tat, würden sie weiter nach ihm suchen. Er saß in der Patsche – so oder so.
»Ich hab eine Idee«, sagte Linus leise zu Mila, als sie wieder bei Anneliese angekommen waren. Vielleicht war es die beste Idee, die er je gehabt hatte. Schon wieder etwas, was er gut konnte: sich etwas Schlaues einfallen lassen. Zusammen mit lügen und nachts herumschleichen konnte er das glatt zu einem neuen Hobby machen.

»Oma, dürfen wir mal eben an deinen Computer?«
»Klar, ich komm mit nach oben.«
»Wir müssen was für die Schule zusammensuchen. Todlangweiliges Zeug, Tabellen und so.«
»Ach, dann bleib ich lieber hier.«

Im Internet fand man einfach alles – sogar ein täuschend echtes Telefonstörgeräusch.
»Ich ruf an, und du spielst dann das Rauschen ab.« Linus griff nach dem Telefon auf Annelieses Schreibtisch und tippte die Nummer ein.
Sein Vater meldete sich.
»Hallo, ich …«
»Wo steckst du, Linus? Komm nach Hause! Sofort!«
Linus hielt den Hörer an den Lautsprecher, aus dem ein Rauschen, Knacken und Brummen kam.
»Was?«, rief er dazwischen. »Ich versteh kein Wort! Die Verbindung ist ganz schlecht.«
Mila drehte die Lautstärke höher.

»Du kommst jetzt au-gen-blick-lich heim!« Edmund schrie so laut, dass es im ganzen Zimmer zu hören war.
»Was hast du gesagt? Ich hör nichts. Mit dem Telefon stimmt was nicht.«
»Heimkommen! Sofort!«
Linus stellte sich vor, wie sein Vater jetzt aussah. Vermutlich so wie manchmal beim Autofahren: völlig verkrampft und puterrot im Gesicht.
»Na ja, ist nicht schlimm«, fuhr er fort. »Hauptsache, du hörst mich. Ich komm heute Abend wieder. Nach dem Essen. Sagst du das bitte Tina? Danke. Bis später!« Und er drückte auf die Aus-Taste.
Mila stoppte das Störgeräusch. Sie sahen einander an und prusteten los. Es klang wie das Wiehern von Pferden in Panik.
»Coole Idee«, sagte Mila. »Fast schon genial.«
Das würde er sich bis in alle Ewigkeit merken. Endlich war es ihm gelungen, Mila zu beeindrucken!
Jetzt bloß nicht an zu Hause denken, das würde ihm nur die Stimmung verderben.

Anneliese hatte sich verabschiedet, sie war bei Bekannten zum Essen eingeladen.
Kurz darauf gingen Linus und Mila zu Milas Haus hinüber.
»Weiß deine Mutter, dass ich bei euch esse?«, fragte Linus.
»Mein Vater weiß es.«
»Gut. Aber deiner Mutter hättest du es auch sagen müssen.«
»Warum?«
»Damit sie genug kocht.«

»Tsss. Bei dir zu Hause geht's wohl noch ziemlich mittelalterlich zu, was? Mein Vater kocht, ist doch klar!«
Da war sie wieder, die überlegene Mila, die ihn für brav und dumm und langweilig hielt.

Riesenausstellung

Linus saß im Ohrensessel und betrachtete die rennenden Posterponys.
»Ob die wohl in der Zeitung was darüber schreiben werden?«, fragte er.
»Worüber?« Mila saß auf ihrem Schreibtischhocker.
»Über das Pferd. Und das Kaninchen.«
»Kann gut sein. Auf so was springen die Leute an. Wenn eine Million Tiere gequält und abgeschlachtet werden, interessiert das keinen, aber so kleine Aktionen wie unsere schon.«
»Meinst du, es steht auch was im Internet?«
»Vielleicht beim *Nordwester* unter der Überschrift ›Tierisch was los‹ oder so.«
Der *Nordwester* war ein kostenloses Wochenblatt, das jeden Mittwoch erschien. Der *Kurier* kam freitags heraus.
Linus nahm sich vor, den Artikel auszuschneiden und in sein schwarzes Heft zu kleben, wenn etwas erscheinen würde. Denn dass er in der Zeitung stand – wenn auch nicht mit seinem Namen – war noch nie vorgekommen.
»Dass du den Artikel nur ja nicht ausschneidest«, sagte Mila. »Aber so dumm bist du hoffentlich nicht.« Sie musterte ihn, als würde sie eine Antwort erwarten, obwohl sie keine Frage gestellt hatte. Linus schüttelte schnell den Kopf. Hatte sie etwa schon wieder seine Gedanken gelesen?

»Wenn deine Eltern was spitzkriegen, sind wir geliefert.«
Linus nickte.
Mila griff unter ihren Schreibtisch. Erst jetzt merkte Linus, dass dort ein ganzer Stapel Zeitungen lag. Mila nahm eine Ausgabe des *Kurier* und schlug sie auf.
»Schau mal, hier steht was über die Riesenausstellung im Dorfgemeinschaftshaus. Damit sind Belgische Riesen gemeint, große Kaninchen, die in viel zu kleinen Ställen gehalten werden.«
Sie blätterte um. »Und da, ein Artikel über Taubenzüchter. Daneben eine Werbeanzeige: Vorderschinken und Koteletts im Sonderangebot. Die Zeitung strotzt nur so davon.«
»Von was?«
»Von Tierleid. Und kein Mensch tut was dagegen.«
»Du schon. Das heißt, wir. Unser Club.«
Mila schlug die Zeitung zu und legte sie weg.
»Es ist zum Verzweifeln.«
Sie stand auf, ging zum Bett und ließ sich daraufplumpsen.
»Willst du aufhören?«
»Nein! Im Gegenteil: Ich will mehr machen: größere Aktionen.«
Das hörte sich bedenklich an, sodass Linus lieber nichts dazu sagte.
»Hast du denn keine Träume?«, fuhr Mila fort.
Träume? Worauf wollte sie denn nun hinaus?
»Ähm …«
»Ich meine: Es muss doch was geben, was du furchtbar gern willst. Fußballprofi werden zum Beispiel oder ein berühmter Sänger, ein Weltreisender … was weiß ich.«

»Ach so, ja … das will ich schon«, sagte Linus, obwohl er solche Träume noch nie gehabt hatte. Eher Fantasievorstellungen, aber die behielt er lieber für sich, sonst würde Mila ihn für verrückt halten.
»Sind dir schon mal die großen Ställe hier in der Gegend aufgefallen?«, fragte Mila. »Die sind bis oben hin mit Tieren vollgestopft. Zum Beispiel mit Schweinen, die kaum Platz haben, weil sie sich nicht bewegen sollen, damit sie möglichst schnell fett werden. All die Schweine aus solch einem Riesenstall zu befreien, das ist mein Traum.«
Linus hätte nicht befürchten müssen, für verrückt gehalten zu werden – Mila war eindeutig die Verrückte von ihnen beiden.
»Das kannst du vergessen«, sagte er.
»Wer sagt das?«
»Ich. Wo willst du die vielen Schweine denn unterbringen?«
»Wir suchen einen Platz im Naturschutzgebiet Veluwe.«
Wir?
»Da ist genug Platz. Und es gibt auch Wildschweine, das sind fast schon Artgenossen.«
»Na ja, aber …«
Mit welchem Einwand sollte er anfangen? Milas Idee war durch und durch bescheuert, wahnsinnig, unmöglich.
»Auch wenn nur ein Teil davon klappen würde, wär das toll«, sagte Mila. »Weil es um das Statement geht.«
»Dann lieber einsame Pferde zu anderen bringen, das ist auch ein Statement, ein sehr gutes sogar.«
»Klar, wir machen auch mit den normalen Aktionen weiter. Am Mittwoch ist es wieder soweit.«

»Warum am Mittwoch?«
»Weil dann schönes Wetter ist. Es darf nicht zu bewölkt sein, sonst sehen wir nicht genug.«
Linus war erleichtert, dass Mila ihren Schweinetraum nicht sofort wahrmachen wollte. So blieb ihm Zeit, ihr diesen Irrsinn auszureden. Er nahm sich vor, alle Nachteile, Probleme, Gefahren und Risiken aufzulisten.
Apropos auflisten. Linus setzte sich kerzengerade hin.
»Ich hab da mal eine Frage«, begann er. »Du hast mich doch diese Liste ausfüllen lassen. Wozu wolltest du das alles eigentlich wissen, ich meine, welches meine Lieblingsfarbe ist und was für Musik ich gern höre?«
Mila lachte selbstgefällig.
»Ein paar Fragen hab ich als falsche Fährten eingebaut.«
»Falsche Fährten?«
»Damit du nicht gleich merkst, dass es darum geht, Tiere zu befreien.«
Als wäre er je auf diesen Gedanken gekommen!
Von unten rief eine Männerstimme: »Mila, essen! Und Freund von Mila, auch essen!«
»Er heißt Linus!«, schrie Mila zurück.
Sie standen auf.
»Aber einige Fragen waren mir schon wichtig«, sagte Mila. »Wenn du bei Lieblingsessen zum Beispiel Schnitzel geschrieben hättest, wär's das gewesen.«
Linus ging hinter ihr die Treppe hinunter. War es wirklich nicht möglich, Tiere gernzuhaben und trotzdem Fleisch zu essen?

Teufel und Eichhörnchen

Das Essen bei den Romeins lief ganz anders ab als zu Hause. Auf dem Herd standen Kochtöpfe, aus denen jeder sich selbst etwas nahm. Es gab Spaghetti. Und Tomatensoße, aber ohne Hackfleisch. Das Hackfleisch war in einem extra Pfännchen.
»Das ist für die Fleischfresser.«
Mila zog ein angewidertes Gesicht und starrte ihren Vater an. Linus gehörte für sie offenbar nicht zu den Fleischfressern. Darüber war er froh, auch wenn das Hack lecker roch.
»Wo kann ich mich hinsetzen?« Er stand mit seinem vollen Teller am Tisch. Mila saß bereits, Harry bediente sich gerade, und Mickie war noch nicht da.
»Wohin du willst«, antwortete Mila und fing auch gleich zu essen an. Anscheinend musste man hier nicht warten, bis alle saßen.
Ohne mit einem Löffel nachzuhelfen, drehte Mila die Spaghetti auf die Gabel. Linus und seine Mutter brauchten dafür den Löffel, sein Vater und Marlies schnitten ihre Spaghetti klein. »Warum sind die Nudeln so furchtbar lang?«, schimpfte sein Vater immer wieder. »Ich bin doch keine Giraffe!« Was bei Marlies jedes Mal einen Lachanfall auslöste.
»Kann ich bitte einen Löffel haben?«, fragte Linus.
Harry nahm einen aus der Schublade. »Fang!«, rief er und warf ihn Linus zu.

Im gleichen Moment stürmte Milas Mutter in die Küche.
»Mann, hab ich einen Hunger!«
»Aber nicht so sehr wie die Menschen, die wirklich Hunger leiden müssen«, sagte Mila. »Oder?« Sie saß über ihren Teller gebeugt und schlürfte ein paar Spaghetti in den Mund.
Was sie gesagt hatte, fand Linus unlogisch und zugleich logisch.
»Nein, so sehr nicht«, antwortete Mickie.
Mickie, die Tochter des russischen Seiltänzers. Oder war vielleicht doch der englische Rocksänger ihr Vater? Es kam vor, dass Frauen nicht wussten, von wem sie schwanger waren. Linus' Vater machte darüber manchmal Witze. Vor allem, wenn Linus etwas Dummes machte oder sagte. »Ich möchte wirklich wissen, von wem du bist«, sagte er dann. »Von mir jedenfalls nicht. Raus mit der Sprache, Tina, wer war's?«
»Ich glaube, der Postbote«, antwortete Linus' Mutter. »Oder der Klempner, das könnte auch sein. Ich weiß es nicht mehr.«
Und dann lachten sie. Linus auch, obwohl er den Witz lange nicht kapiert hatte. Aber wenn alle lachten, musste man einfach mitlachen.
Bei den Romeins wurde nicht gelacht, zumindest nicht jetzt.
»Meine Eltern wollen die Welt retten, aber nicht die Tiere«, sagte Mila. »Tiere sind ihnen nicht wichtig.«
»Hm«, machte Linus und drehte wie besessen die Gabel, um möglichst schnell möglichst viele Spaghetti in den Mund schieben zu können. Wahrscheinlich erwartete Mila gar nicht, dass er etwas dazu sagte, aber falls doch, dann hatte er den Mund voll und konnte nicht antworten.

»Tiere sind uns sehr wohl wichtig«, sagte Mickie. »Wir finden aber, dass man erst einmal den Not leidenden Menschen helfen sollte, bevor man sich um die Tiere kümmert.« Sie sah Linus an. »Meinst du nicht auch?«
Linus kaute extra langsam, damit sein Mund nicht so schnell leer wurde, und brummte etwas, das ebenso gut »Seh ich auch so« wie »Blödsinn« heißen konnte.
»Tsss«, sagte Mila. Sie deutete auf das Hackfleisch auf dem Teller ihrer Mutter. »Deswegen musst du aber kein Fleisch fressen, sodass noch mehr Tiere leiden. Und überhaupt: Wenn es erst allen Menschen auf der Welt gut gehen soll, bevor …«
»Schluss damit, Mila«, mischte Harry sich ein. »Jetzt wird nicht gestritten. Wir haben einen Gast.«
Minutenlang blieb es still. Auch Mila schwieg und aß, allerdings schmatzend und mit offenem Mund. Dass sie sich so kindisch aufführte wie Marlies, überraschte Linus.
»Kommst du gut voran?«, wandte Mickie sich an Harry.
»Nein«, erwiderte er. In seinem Rauschebart klebte Tomatensoße.
»Ich krieg's einfach nicht hin. Könnte sein, dass der Grundton noch nicht stimmt.«
Wovon redeten die beiden? Linus sah Mila fragend an. Sie zog ein Gesicht, als wollte sie sagen: Sind zwar meine Eltern, aber ich kann nichts dafür.
Eine seltsame Familie, die Romeins. Aber vielleicht kam ihm das nur so vor, weil seine eigene stinknormal war. Und Milas Eltern machten wenigstens interessante Sachen wie die Welt retten.

»Ihr solltet euch noch ein Kind zulegen«, sagte Linus, einer plötzlichen Eingebung folgend. »Das wär die Lösung.«
Mila, Harry und Mickie starrten ihn an, als hätte er etwas vollkommen Unsinniges und noch dazu in einer unbekannten Sprache gesagt.
»Das Kind wäre dann für die Pflanzen zuständig«, fuhr Linus fort. »Dann könntet ihr zusammen alles auf der Welt retten: die Menschen, die Tiere und die Pflanzen.«
Schweigen. Sie mussten wohl erst einmal nachdenken.
Dann lächelte Mickie, und mit einem Mal sah sie Anneliese sehr ähnlich. Harry begann zu grinsen. Nur Mila verzog keine Miene.
»Nette Idee«, sagte sie schließlich. »Aber daraus wird nichts. Meine Eltern sind nämlich gegen die Überbevölkerung. Ich selber bin ein Unfall.«
»Ja, und zwar ein wunderbarer Unfall«, sagte Mickie.
»So ein Unfall könnte doch noch mal passieren«, sagte Linus. »Der Teufel ist ein Eichhörnchen.« Das sagte seine Mutter oft, wenn sie ihn ermahnte, beim Radfahren vorsichtig zu sein. Linus fand den Spruch eigentlich ziemlich blöd, aber jetzt gerade passte er gut.
»Und was ist mit den Pilzen?«, fragte Harry.
»Wieso?«, fragte Linus.
»Auf der Erde gibt es Menschen, Tiere, Pflanzen und Pilze. Wer soll die Pilze retten?«
»Das kann ich dann ja übernehmen«, sagte Linus.
Das wäre was: Linus Homan – international anerkannter Pilz-Retter!

»Menschen sind eigentlich auch Tiere«, sagte Mila. »Es gibt da kaum einen Unterschied, wenn man also ...«

Mit einem lauten Kratzgeräusch schob Harry seinen Stuhl zurück. Was Mila noch zu sagen hatte, schien ihn nicht zu interessieren.

»Ich hab noch zu tun.«

Mickie nickte ihm zu.

»Heute am Sonntag muss er arbeiten?«, fragte Linus. »Wo denn?«

»Im Gartenhäuschen«, antwortete Mila.

»Muss das gestrichen werden?«

»Gestrichen? Wie kommst du darauf?«

»Na, dein Vater ist doch Maler. Hast du jedenfalls gesagt.«

Mila bekam einen Lachkrampf und gab Laute von sich wie ein heiserer Kakadu. »Kunstmaler ist er!«, prustete sie. »Nicht Anstreicher!«

Linus kam sich vor, als hätte man ihm heiße Tomatensoße über den Kopf gekippt.

»Mister Oberschlau«, sagte Mila, als sie zu Ende gekakadut hatte.

Mickie deckte den Tisch ab und stellte das Geschirr neben die Spüle.

»Seid ihr beide so nett und wascht ab?«, fragte sie.

Ein Haushalt ohne Geschirrspüler!

Gegen Kinderarbeit hatten Milas Eltern offensichtlich nichts.

Schnauzen in die Luft

Zu Hause nahm Linus sein schwarzes Heft zur Hand.

> Ich bin noch am Leben. Aber es hätte auch anders ausgehen können. Edmund und Tina haben mich nicht gefoltert, noch nicht jedenfalls ...

Kaum hatte Linus das Wohnzimmer betreten, war sein Vater aufgesprungen. Seine Mutter blieb im Sessel sitzen, so reglos, dass man sie für eine lebende Statue hätte halten können.
Wird schon nicht so schlimm werden, beruhigte Linus sich selbst, das gehört nun mal zu meinem neuen interessanten Leben, da muss ich durch.
»Sag mal, bist du noch ganz frisch im Kopf?«, fuhr sein Vater ihn an.
»Warum? Was ist denn?«
Linus setzte sein harmlosestes Gesicht auf.
»Das ist die Höhe! Auch noch frech werden! Du kannst dich auf was gefasst machen, Bürschchen!«
»Wo warst du denn?«
Die tonlose Stimme gehörte der Statue, die keine Anstalten machte, mehr als den Mund zu bewegen.
»Ich ...«
»Ab in dein Zimmer!« Sein Vater deutete mit gestrecktem

Zeigefinger in den Flur. »Heute will ich dich nicht mehr sehen und schon gar nicht hören.«
»Habdochgesagtdassichnichtmitgehnachmeppel«, nuschelte Linus, bevor er – um seinen Vater nicht noch wütender zu machen – in Richtung Treppe ging. Der hatte überhaupt keinen Grund, sich so aufzuregen. Absolut keinen. Sollten sie doch in Zukunft ein paar Tage vorher Bescheid sagen, wenn sie Oma besuchen wollten.

Kurz vor halb neun klopfte es leise an der Tür. Linus blickte von seinem Tagebuch auf. Er hatte eine neue Comicfigur gezeichnet: einen Helden mit einem Zorro-Cape um die Schultern, der aber keine Augenmaske als Tarnung trug, sondern eine Schweineschnauze.
Linus' Mutter kam herein.
»Wo warst du denn?«, fragte sie. »Ich hab mir wirklich Sorgen gemacht.«
»Warum? Ich hab doch gesagt, dass ich am Nachmittag verabredet bin.«
»Aber du hast nicht gesagt, mit wem und wo. Und dann warst du nach dem Frühstück plötzlich weg.«
»Ich war erst bei Anneliese und dann bei Mila.«
»Wer ist Anneliese?«
»Milas Oma, das weißt du doch.«
Seine Mutter sah ihn an, als hätte er wer weiß was Verrücktes gesagt. Dabei war sie es doch, die sich höchst seltsam benahm. Linus nahm sich vor, bei nächster Gelegenheit aufzulisten, was ihn alles an seinen Eltern nervte.

»Papa ist wütend«, fuhr seine Mutter fort. »Ich nicht. Aber enttäuscht bin ich. Weil du nur an dich selber gedacht hast. Und jetzt putz dir die Zähne und geh ins Bett.«

Linus lag im Dunkeln und stellte sich vor, er würde das Tor eines riesengroßen Stalls öffnen, sodass sämtliche Schweine ins Freie laufen konnten. Hunderte, nein Tausende. Die Schnauzen in die Luft gereckt, würden sie freudige Grunzer ausstoßen. Und ihm auf diese Weise zujubeln, ihm – Linus Homan – ihrem Retter.

Mit einem Mal kam ihm die Schweineaktion gar nicht mehr so abwegig vor wie zu Anfang. Klar, sie war nicht durchführbar, aber man konnte es sich ja einmal vorstellen. Und es ging darum, etwas zu tun. Zu zeigen, dass man nicht alles widerspruchslos hinnahm.

Am Montagmorgen traf Linus am Schultor mit Elias zusammen.

»Sag mal, wo hast du denn gestern gesteckt?«, fragte Elias.

»Warum willst du das wissen?«

»Weil deine Mutter bei uns angerufen hat. Sie hat gefragt, wie Mila heißt.«

»Mila heißt Mila.«

»Mit Nachnamen, du Scherzkeks. Sie wäre neulich bei euch zu Hause gewesen, hat deine Mutter gesagt.« Elias grinste breit.

»Sooooo ist das also.«

»Keine Ahnung, was du mit *sooooo* meinst.«

Elias grinste noch breiter und zwinkerte Linus zu.

»Mit sooooo meine ich … ach, guck mal, da kommt sie.«
Linus drehte sich um. Und hob grüßend die Hand. Mila hob ebenfalls die Hand und ging an ihnen vorbei, als wäre Linus nichts weiter als ein flüchtiger Bekannter.
»Also doch nicht ganz sooooo«, sagte Elias, diesmal weniger anzüglich. Linus hatte Lust, ihm einen Tritt in den Pooooo zu verpassen. Aber er ließ es lieber, denn wenn sie anfangen würden, sich zu prügeln, könnte es sein, dass er den Kürzeren zog.

Maden, Käfer und Spinnen

Der Tag begann wie ein ganz gewöhnlicher Montag, und er lief nicht anders ab als jeder Montag. Trotzdem war nichts mehr wie sonst, auch wenn nichts Besonderes passierte. Es sei denn, man sah es als etwas Besonderes an, dass Mila ihn wieder fast wie Luft behandelte. Aber was sollte er machen? So war sie eben.

In der Sportstunde hätte Linus mehrmals Gelegenheit gehabt, es ihr heimzuzahlen, als sie beim Bockspringen über ihn hinwegspringen musste, aber er tat es nicht.

»Morgen Abend, halb acht, bei mir«, sagte sie nach der letzten Stunde beim Fahrradschuppen, als gerade niemand in Hörweite war.

Linus hätte gut Lust gehabt, in Zukunft heimlich aufzuzeichnen, was Mila zu ihm sagte, und es dann Elias vorzuspielen. Aber das war undenkbar, denn wenn Elias – ausgerechnet der! – von ihrem Geheimclub erfuhr, könnte er es auch gleich in die Zeitung setzen.

Da kam Elias auch schon und schloss sein Rad auf.

»Kommst du mit? Wir könnten ein paar Runden spielen.«

Ein paar Runden spielen – das bedeutete zurzeit *Mastermind*. Ihre Lieblingsspiele wechselten öfter, und seit einigen Wochen war *Mastermind* der Favorit.

»Ich kann nicht«, sagte Linus. »Ich muss … was machen.«

»Was musst du machen?«
»Na ja … halt ein paar … Sachen.«
Elias stieg auf sein Rad.
»Dann viel Spaß beim Sachenmachen«, sagte er patzig, trat in die Pedale und sauste davon.
Linus schaute ihm nach. In Wirklichkeit hatte er nichts vor, er hätte also ruhig mitgehen können. Aber im Moment stand ihm einfach nicht der Sinn nach Elias.

Zu Hause legte Linus sich auf Bett und nahm seine übliche Denkhaltung ein. Wenn ich schon zu einem Geheimclub gehöre, dachte er, dann will ich auch mitentscheiden. Bisher hatte Mila alles bestimmt: *Was* sie unternahmen, *wann* sie es machten und auch *wo*.
Vielleicht wäre es nicht schlecht, sich erst einmal einen Namen für den Club auszudenken. Linus stand auf, holte einen Stift und sein schwarzes Heft, das längst kein Ein-Tages-Tagebuch mehr war. Inzwischen waren etliche Seiten gefüllt: mit Zeichnungen und kurzen Eintragungen, die jedoch nichts Genaues über seine Handlungen verrieten. So musste derjenige, der in hundert Jahren seine Aufzeichnungen las, sich den Kopf zerbrechen, was für Geheimnisse der Tagebuchschreiber wohl gehütet hatte.
Fröhliche Schnauzen.
Das klang lustig. War aber zu kindisch.
Frei und froh.
Das war kurz und bündig. Nur kamen keine Tiere darin vor.
Eins – zwei – drei! Alle Tiere frei!

Das klang nicht schlecht, war aber zu lang. Vielleicht eine abgekürzte Fassung: ATF.
Hm, das war gar nicht so übel.
Warst du beim ATF-Treffen?
Logisch, ich lass nie ein ATF-Treffen aus.
Hey, machst du mit? Wir gründen ein spezielles ATF-Meerschweinchenteam.
Linus musste grinsen. Meerschweinchenteam – dazu ließ sich bestimmt eine witzige Comiczeichnung machen.

Weiter kam er jedoch nicht mit seinen Überlegungen, weil sein Vater ihn zum Essen rief.

Linus starrte seinen Teller an, auf dem eine Scheibe Falscher Hase lag, und fragte sich, ob er als ATF-Mitglied überhaupt noch Fleisch essen durfte.
Falscher Hase – war da nun Fleisch von einem Hasen drin? Oder gerade nicht, weil es »falsch« hieß?
»Was ist das?«, fragte er.
»Falscher Hase, das kennst du doch«, sagte seine Mutter.
»Ich meine, von was für einem Tier das Fleisch ist.«
»Was tut das zur Sache? Ein Tier ist ein Tier.«
»Ja, ein armes, unschuldiges Tier, das umgebracht worden ist, damit wir Fleisch essen können«, sagte Linus.
Marlies starrte ihn an, als hätte er behauptet, draußen wüte ein Sandsturm. »Das lügst du!«
»Schluss jetzt, Kinder!«, sagte Linus' Vater. »Haltet den Mund und esst.«

Argwöhnisch betrachtete Marlies ihr Fleisch. Dann schnitt sie ein winziges Stück ab und schob es in den Mund. Beim Kauen machte sie ein Gesicht, als hätte sie Maden, Käfer und Spinnen im Mund.

»Fleisch besteht aus Muskeln, Adern und Sehnen«, flüsterte Linus ihr zu. »Und Blut ist auch dran: Blu-huuuuut!«

»Gar nicht wahr!«

»Was gibt's denn, Marlies? Was ist nicht wahr?«, fragte die Mutter.

Es machte Linus Spaß, seine kleine Schwester ein wenig aufzuhetzen. So brauchte er sich selbst keine Gedanken zum Thema Fleisch zu machen.

»Das ist voll eklig, das ess ich nicht«, sagte Marlies.

»Auch gut«, sagte Edmund und schob Marlies' Portion auf seinen Teller.

Marlies schaute verdattert zu, wie er den Falschen Hasen mit Rekordgeschwindigkeit aufaß. Dann wanderte ihr Blick zu Linus.

»Du isst das auch nicht, oder?«

Für den Hasen – oder was auch immer für ein Tier es war – macht es keinen Unterschied mehr, ob ich es esse oder nicht, dachte Linus. Und wenn er seine Portion verschmähte, würde sein Vater nicht zögern, sich auch die einzuverleiben.

Tatsächlich: Edmund hatte ihn bereits im Visier.

»Falls du auch nicht willst, dann gib her. Mir schmeckt's.«

»Nicht doch, Edmund«, sagte Tina. »So viel Fleisch ist ungesund.« Dann wandte sie sich an Linus. »Sag mal, was ist eigentlich in dich gefahren?«

»Gar nichts.« Linus griff zu Messer und Gabel und machte sich über den Falschen Hasen her. Später würde er in Ruhe darüber nachdenken, wie er es künftig mit dem Fleischessen halten wollte.

»Pfui Teufel, der isst das!«, sagte Marlies.

Danach erzählte Edmund von Dekkers verrücktem Plan, die Plastikbecher für den Kaffeeautomaten mehrmals zu benutzen, von dem er aber nichts hielt, da das in seinen Augen unhygienisch war.

Schmusekaninchen

Linus saß im Wohnzimmer am Computer seiner Eltern und starrte auf den Monitor. Er hatte die Website des *Nordwester* aufgerufen und ein Foto gefunden, das ihr Schild am Weidezaun zeigte – das Schild mit der Aufschrift PFERD ALLEIN IST GEMEIN. Und dahinter war ein einzelnes Pferd zu sehen, allerdings nicht Brownie, sondern ein schwarzes.
Linus unterdrückte einen Ausruf der Überraschung. Seine Eltern, die gerade die Nachrichten schauten, durften auf keinen Fall aufmerksam werden.
Ich muss Mila anrufen, dachte er. Unbedingt. Jetzt gleich. Nein, erst einmal in Ruhe lesen, was in dem Artikel steht. Linus scrollte weiter …

Tieraktivisten schlagen zu

Pferdebesitzer Robert Harms aus Niens stellte am Sonntag mit Verwunderung fest, dass auf seiner Koppel statt fünf sechs Pferde grasten. Anscheinend haben unbekannte Tieraktivisten in der Nacht ein weiteres Tier dorthin gebracht. Wie auf dem Schild (siehe Foto) zu lesen ist, sind sie der Meinung, Pferde sollten nicht allein, sondern in einer Herde gehalten werden. Wem das einzelne Pferd (siehe Foto) gehört, ist bisher nicht bekannt. Sein Besitzer wird

gebeten, sich mit der nächstgelegenen Polizeidienststelle in Verbindung zu setzen.
Mit dem Vorfall in Zusammenhang stehen könnte die Tatsache, dass in der Nacht davor in Eensloo auf dem Bauernhof der Familie ter Haar ein Kaninchenstall zerstört wurde. Von dem flauschigen Bewohner fehlt jede Spur. »Ein Verbrechen ist das!«, so der empörte Familienvater K. ter Haar. »Unsere Kinder sind tieftraurig. Schnuffel war ihr Schmusekaninchen.«

Linus warf einen verstohlenen Blick zum Fernseher. Dort wurden gerade Bilder von kriegszerstörten Häusern gezeigt. Schmusekaninchen …
Was sie getan hatten, war gemein. Sie mussten damit aufhören. Das heißt, was *Mila* machte, musste sie selbst entscheiden, für ihn jedenfalls war jetzt Schluss. Und genau das würde er ihr morgen auch sagen, klipp und klar. Und wenn sie herumstänkerte, würde er die Überreste von dem blödsinnigen Eid ausgraben und ihr ins Gesicht werfen.

Sardinen-Befreiung

»Wir verlassen kurzzeitig das Goldene Zeitalter«, sagte Herr Allard am nächsten Tag zu Beginn der Geschichtsstunde. »Stattdessen beschäftigen wir uns heute, weil bald Mai ist, mit zwei besonderen Tagen. Dem 4. und dem 5. Mai.«
»Da haben wir frei!«, rief Lars.
»Stimmt, aber der 4. und der 5. Mai sind auch Gedenk- beziehungsweise Feiertage«, sagte Herr Allard. »Wer von euch weiß, wessen wir gedenken und was wir feiern?«
Mehrere Kinder meldeten sich.
»Mila, du machst gerade zwei schöne V-Zeichen«, sagte Herr Allard. »Erklär es uns.«
Mila hielt tatsächlich beide Hände hoch, Zeige- und Mittelfinger zu einem V gespreizt.
»Am 4. Mai gedenken wir der Toten«, sagte Mila. »Der *Menschen,* die im Zweiten Weltkrieg und danach umgebracht wurden.« Linus zuckte leicht zusammen, weil sie das Wort »Menschen« besonders betont hatte.
»Der Menschen, die umgebracht wurden, das ist richtig, und auch derer, die auf andere Weise durch Krieg ihr Leben verloren haben.«
»Und am 5. Mai feiern wir die Befreiung«, fuhr Mila fort. »Die Befreiung von … *Menschen.*«
Die Kunstpause vor dem Wort Menschen irritierte Herrn Al-

lard offenbar, denn er sagte: »Natürlich von Menschen, von wem sonst? Wir gedenken der Befreiung der Niederländer von der deutschen Besatzung.«

Sag jetzt bitte-bitte nicht, dass wir auch der Befreiung von Tieren gedenken, dachte Linus.

Mila wusste noch nicht, dass etwas über ihre Aktionen im Internet stand, wo jeder es lesen konnte. Weil sie ihn am Morgen wieder einmal hatte links liegen lassen, hatte er ihr die Neuigkeit noch nicht erzählen können. Er warf ihr über die Schulter einen warnenden Blick zu.

»Von Sardinen«, sagt Mila. »Die Befreiung von Sardinen aus der Dose.«

Alle lachten. Vermutlich, weil Mila sonst nie Scherze machte, schon gar nicht so alberne.

»Die spinnt doch, die dumme Kuh!«, rief Ricardo.

Herr Allard hob die Hand, um Ruhe einzufordern, und ergriff wieder das Wort. »Das V-Zeichen, das Mila gemacht hat, steht für ›Victory‹, und das bedeutet Sieg. Der englische Premierminister Winston Churchill hat es im Zweiten Weltkrieg eingeführt. Später hat das V noch eine andere Bedeutung bekommen. Weiß jemand, welche?«

»Vurzkaninchen!«, rief Lars. Und schon machten alle das V-Zeichen und riefen im Chor: »Vurzkaninchen – Vurzkaninchen – Vurzkaninchen!«

»Furzkaninchen schreibt man mit F!«, rief Herr Allard über den Lärm hinweg. Das hätte er besser nicht getan.

»Furzkaninchen mit F – Furzkaninchen mit F – Furzkaninchen mit F!«, schallte es durchs Klassenzimmer.

Herr Allard hob beide Hände, und als auch das nichts half, brüllte er: »Stopp!«
»Herr Allard hat zu Haus ein Furzkaninchen mit F!«, rief Jannis.
Erst als Jannis auf den Flur hinausgeschickt worden war, und Lars und Ricardo ebenfalls, kehrte langsam wieder Ruhe ein.

Ansonsten fiel an dem Tag nichts Bemerkenswertes vor. Linus dachte an Schnuffel, aber nicht die ganze Zeit.
Nach dem Unterricht radelte Elias davon, ohne zu fragen, ob Linus Lust auf *Mastermind* habe. Jannis, Lars und Ricardo mussten noch eine halbe Stunde bleiben und auf dem Pausenhof Papier aufsammeln.
Das Abendessen im Hause Homan verlief ohne Zwischenfälle. Es gab Paella, also Reis mit Gemüse und Fisch. Zum Glück kein Fleisch, sonst hätte Linus als ATF-Mitglied wieder ein Problem gehabt.
Ob Mila auch dagegen war, dass man Fisch aß? Zu Flossi in seinem Glas hatte sie ja eine kritische Bemerkung gemacht. Dabei war Flossi gar kein Speisefisch, sondern ein Zierfisch.

Raubtier im Käfig

Linus bog in den Eschenwall ein, die Hand in der Jackentasche und darin ein zusammengefaltetes Blatt. Was er geschrieben hatte, wusste er auswendig, aber als Gedächtnisstütze konnte der Zettel nicht schaden. Er durfte keinen Punkt auslassen.

1. Ich finde es blöd, dass du in der Schule so tust, als würdest du mich kaum kennen.
2. Du bist nicht die Bestimmerin.
3. Ich habe mir einen Clubnamen ausgedacht: ATF.
4. Ich weiß nicht, ob ich weiter mitmachen will. Das mit dem Kaninchen war falsch und außerdem gemein. Weil Kinder darunter leiden.
5. So viele Schweine befreien, das klappt niemals.

Wenig später stand er vor Mila, die mit hoch gezogenen Brauen im Ohrensessel saß. Fast ohne Luft zu holen, hatte er ihr von dem Artikel im *Nordwester* erzählt und ihr danach seine fünf Punkte heruntergerattert, manche ausführlicher als notiert. Es war gut zu stehen, während sie saß – so hatte er das Gefühl, ihr überlegen zu sein.

»Na gut, dann weiß ich ja jetzt Bescheid«, sagte Mila und ließ endlich die Brauen sinken. »Guter Name übrigens: *Alle Tiere frei!* Gefällt mir.«

Der Name gefiel ihr!
»Und sonst?« Linus hoffte, dass seiner Stimme nicht anzumerken war, wie sehr ihn das Lob freute. »Was sagst du zu den übrigen Punkten?«
»Kaninchen befreien ist richtig, nicht falsch«, begann sie. »Kaninchen sind keine Schmusemaschinen, Homan. Sollen sie etwa in einem engen Stall hocken, nur damit du was zum Streicheln hast? Setz dich selber mal in so einen Stall, dann weißt du, wie das ist.«
Mit einem eiszapfigen Blick schaute sie Linus an. Sie war im Sessel so weit nach vorn gerutscht, dass sie mehr lag als saß, trotzdem kam es ihm vor, als würde sie auf ihn herabschauen.
»Und außerdem«, fuhr sie fort: »Ich bin nicht die Bestimmerin. Bei ATF geht es darum, dass man gute Ideen hat und sie umsetzt. Zeig, was du kannst, und denk dir was für den Schweinebefreiungstag aus.«
»Ich hab dir doch erklärt, warum das niemals klappen wird.«
Aber sie hatte ATF gesagt!
»Einfach wird es natürlich nicht«, meinte Mila. »Deswegen müssen wir uns ja auch was besonders Schlaues einfallen lassen.«
Mila Romein: die Besserwisserin vom Dienst!
Warum sagte er nicht einfach: Lass mich zufrieden mit deinem Viehzeug! Dreimalverquirltestinkepampe! Er wusste sehr wohl, warum er das nicht sagte: Wenn er nämlich nicht mehr bei den Aktionen mitmachte, war es aus und vorbei – dann würde Mila ihn nicht einmal mehr mit dem Hintern ansehen.

»Ich erzähl dir jetzt was, Linus Homan.« Mila stand auf und deutete auf ihren Sesselplatz. »Setz dich hin.«
»Hä?«
»Hinsetzen!«
»Ich bin nicht dein Hund!«
»Bist du nicht, stimmt. Aber setz dich jetzt trotzdem hin, dann erzähl ich dir eine Geschichte. Mach dich aber drauf gefasst, dass es keine nette Gutenacht-Geschichte wird.«
Linus setzte sich. Nicht, weil Mila es ihm befohlen hatte, sondern weil er keine Lust mehr hatte, noch länger zu stehen.
Mila begann, im Zimmer hin und her zu gehen wie ein Raubtier im Käfig.
»Es war einmal ein Mädchen ...«, begann sie.
»Wie hieß das Mädchen?«
»Der Name ist egal. Nennen wir sie einfach Mädchen. Mädchen war neun Jahre alt und hatte ein Lieblingstier: das Schwein. Sie sammelte Schweine aus Plüsch und aus Ton und alles Mögliche andere, wo Schweine drauf waren: Postkarten, Tassen, Sticker, Radiergummis ...«
»Hatte sie auch ein echtes Schwein?«
»Halt die Klappe, wenn ich rede! Und nein: Sie hatte kein echtes Schwein. Eines Tages suchte sie im Internet nach lustigen Schweinefilmchen.«
»Hat sie welche gefunden?« Linus dachte gar nicht daran, auf ihren Befehl hin die Klappe zu halten.
Mila blieb stehen und schaute aus dem Fenster.
»Ja, hat sie. Aber auch einen Film, der alles andere als lustig war.«

»Einen langweiligen Film also.«
Mila drehte sich um.
Linus dachte schon, sie würde zornig werden, doch sie überging seine Bemerkung einfach.
»Haufenweise tote Schweine kamen darin vor«, fuhr sie fort. »Die wurden von einem Bagger wie Müll auf Lastwagen geschaufelt.«
»Und dann?«
»Mädchen rannte weinend zu ihrer Mutter. Die erklärte ihr, dass es wegen der Schweinepest war. Dass die Schweine krank waren und darum getötet werden mussten.«
»Wird schon stimmen, was die Mutter gesagt hat.«
Ohne auf seinen Kommentar einzugehen, sprach Mila weiter. »Mädchen fand schließlich heraus, dass die Schweine krank geworden waren, weil sie zu ganz vielen zusammengepfercht leben mussten. Bis dahin hatte sie geglaubt, Schweine würden frei und glücklich auf Bauernhöfen herumlaufen, so wie man das in Kinderbüchern liest. Aber das war eine einzige große Lüge.«
»Und dann?«, fragte Linus wieder, weil ihm nichts anderes einfiel.
»Mädchen bekam heraus, dass die meisten Schweine in solchen Stallgefängnissen gehalten werden, wo sie sich kaum bewegen können. Damit sie möglichst schnell fett werden und man ihr Fleisch billig verkaufen kann. Und jetzt kommt das Allerübelste: Mädchen entdeckte, dass sie daran mit schuld war, weil sie Fleisch von Schweinen aß.«
»Und dann?«

»Sie hörte auf, Fleisch von Schweinen zu essen. Und auch von anderen Tieren. Ihre Eltern fanden das nicht gut. Sie verstanden es nicht.«
»Und dann?«
»Na ja, Mädchen machte sich auf und befreite alle Schweine und auch alle anderen eingesperrten Tiere, und sie lebten vergnügt bis an ihr Ende.«
Es war still.
»Das war aber ein seltsames Märchen«, sagte Linus.
»Nur der Schlusssatz kommt aus dem Märchen. Alles andere ist Wirklichkeit.«
»Das Mädchen warst bestimmt du, oder?«
Jetzt würde sie gleich wieder sagen: ›Sehr schlau von dir‹ und damit natürlich genau das Gegenteil meinen.
Doch stattdessen sagte Mila: »Die Geschichte geht noch weiter, und es kommt ein Junge dazu.«
Das klang wesentlich netter.
»Ich weiß sehr gut, dass wir das mit der Schweinebefreiung nicht durchziehen können«, fuhr sie fort. »Schließlich bin ich nicht blöd. Aber wenn's schiefgeht, kommt es immerhin in die Zeitung, und die Leute kapieren, dass man nicht immer alles hinnehmen darf. Darum geht's mir.«
»Hm«, machte Linus. Sein fester Entschluss, nicht mehr mitzumachen, weichte auf wie ein Zuckerwürfel im Kaffee. Was Mila gesagt hatte, klang nicht nur einleuchtend, sondern auch gut.
Sie ließ sich auf ihren Drehhocker plumpsen und kreiselte ein paarmal.

»Du kannst es dir in Ruhe durch den Kopf gehen lassen. Morgen ist erst mal eine andere Aktion dran.«
»Das Ganze ist doch viel zu gefährlich!«, protestierte Linus. »Die Leute in den Nachbardörfern werden doch nach dem Artikel über unsere Aktion die Augen offen halten und uns schnappen.«
»Können sie ja mal versuchen. Diesmal schlagen wir natürlich woanders zu.«
»Und wo?«
»Hier. In Veenholten.«

Geliebte Schweine

Linus' Eltern saßen vor dem Fernseher und schauten einen Krimi, als er ins Wohnzimmer kam. Marlies war bereits schlafen gegangen. Vielleicht sollte er sich dazusetzen und auch ein bisschen gucken, nur so, zum Entspannen.

»Nein!«, hatte er zu Mila gesagt, klar und deutlich. Auf keinen Fall hier, wo sie wohnten.
»Okay, dann mach ich's eben allein«, hatte Mila erwidert, ein unsichtbares Fädchen von ihrer Hose gezupft und es fallen lassen.

»Der Mord ist schon passiert«, sagte Edmund zu Linus. »Ein Kunsthändler. Messer im Rücken. Ich vermute, seine Freundin war's.«
Linus setzte sich aufs Sofa.
»Warum sollte sie?«, fragte Tina. »Du hältst immer die Frauen für schuldig.«
»Weil sie es meistens sind. Wart's nur ab.«

»Was soll das heißen: Du machst es eben allein?«, hatte Linus gefragt. »Du hast doch gesagt, dass du mich brauchst. Wieso jetzt auf einmal nicht mehr?«
»Klar brauch ich dich. Das heißt, ich brauch keinen Quertrei-

ber, sondern einen Mitmacher. Das musst nicht unbedingt du sein. Ich kann mir auch jemand anderen suchen.«

»Im wirklichen Leben ist es aber anders«, wandte Tina ein. »Da sind Frauen nur selten die Täter. Weil sie nicht so gemein sind wie Männer.«

Ich kann mir auch jemand anderen suchen – der Satz traf Linus wie ein Faustschlag. Er wollte etwas erwidern, brachte aber keinen Ton heraus, weil die Worte wie kalte Spaghetti zusammenpappten.
Mila schlug ein Bein übers andere. In dieser Haltung wirkte sie sehr erwachsen. Ruhig und gelassen saß sie da, als würde sie für ein Gemälde posieren, ein Gemälde mit dem Titel *Mädchen, dem Linus piepegal ist.*

Wieder eine Leiche. Und wieder war der Tote ein Kunsthändler.
»Glaubst du's jetzt?«, sagte Tina zu Edmund. »Wenn die Freundin es beim ersten Mal gewesen wäre, dann hätte sie doch nicht noch einen Mann umgebracht.«
»Abwarten«, sagte Edmund.

Ohne ein weiteres Wort war Linus aus Milas Zimmer gerannt. *Jemand anderen* – nach allem, was sie zusammen erlebt hatten! Sollte sie doch ersticken an ihren geliebten Schweinen, ihren dussligen Plänen, an sich selbst. Er hatte die Zimmertür so fest zugeknallt, dass das Haus zitterte – aber leider nicht einstürzte.

»Du solltest übrigens längst im Bett sein, Linus«, sagte Tina plötzlich.
»Lass mich den Film noch zu Ende sehen, ich will wissen, wer der Mörder ist.« In Wirklichkeit interessierte ihn das nicht die Bohne, er wollte lediglich nicht mit seinen Gedanken allein sein.
»Wer, meinst du, war's?«, fragte Edmund. »Die Freundin?«
»Die war's, logisch«, antwortete Linus.

Linus lag auf dem Rücken und starrte in die Dunkelheit. Die Dunkelheit hatte etwas Tröstliches – man wusste nicht, wo sie anfing und wo sie aufhörte. Ganz anders seine Freundschaft mit Mila: Genau eine Woche hatte sie gedauert – von Dienstag bis Dienstag. Jetzt musste er sein vordienstägliches Leben wieder aufnehmen. Er überlegte, ob er Anneliese weiterhin besuchen konnte. Vielleicht unter dem Vorwand, ein Buch über sie schreiben zu wollen. Annelieses Leben bot auf jeden Fall genug Stoff für ein Buch.

Krähe, fast platt

Linus' erster Gedanke nach dem Aufwachen war: Heute nach der Schule unternehme ich was mit Elias. Oder mit den anderen Jungs. Jungs waren einfach besser als Mädchen. Zumindest waren sie nicht so gemein. Und dass Mädchen gemein waren, stand felsenfest. Den letzten Beweis hatte die Frau im Krimi geliefert, die gleich zwei Männer umgebracht hatte, obwohl sie nur einen davon gehasst hatte. Klar, in Filmen lief es anders als im richtigen Leben. Aber die Leute, die sich die Kriminalfälle ausdachten, mussten ja irgendwelche Vorbilder haben.
»Wie wär's heute mit 'nem Spielnachmittag?«, fragte Linus Elias schon vor dem Unterricht.
»Keine Zeit«, antwortete Elias. »Ich muss Sachen machen.«

Nach der Schule fragte Linus Finn, Jannis, Tim, Sven und Ramon, ob sie Lust hätten, im Wald Spuren zu suchen. Sie hatten Lust – alle!
Na also, er hatte auch ohne Mila ein rasend interessantes Leben.
»Treffpunkt am großen Stein, zwei Uhr! Dort bilden wir Gruppen!«, rief Linus den anderen zu, ehe jeder sich auf den Nachhauseweg machte.
Schade nur, dass Mila es nicht mitbekam. Sie war sofort nach dem Klingeln losgerannt. Als hätte sie furchtbar viel zu tun. Und das hatte sie vermutlich auch.

Kurz vor zwei stieg Linus von seinem Rad und suchte nach der Stelle. Er fand sie mit Leichtigkeit, weil noch kein Gras nachgewachsen war und man deutlich sah, dass jemand den Boden festgetreten hatte. Einen Moment lang verspürte er Lust, das verbrannte Papier auszugraben und den anderen die ganze Geschichte zu erzählen. Aber er hatte ja Geheimhaltung gelobt, und daran würde er sich halten. Auch jetzt noch.
Tim kam auf die Wiese gefahren, riss den Lenker hoch und sprang dann gekonnt nach hinten ab.
Kurz darauf erschien Sven auf seinem Crossrad.
Spuren suchen – das hieß laufen, laufen, laufen. Über Stock und Stein, auf halb zugewachsenen Pfaden, durchs dichte Unterholz. Eigentlich hätte ich auch zu Anneliese gehen können, überlegte Linus. Jungs waren zwar besser als Mädchen, aber Anneliese war ja kein Mädchen.
Da tauchte auch schon Ramon auf.
Linus lehnte sein Rad an den großen Stein. Anneliese … was, wenn Mila ihn bei ihr schlechtmachte? Ähnlichsehen würde ihr das. Auch wenn Anneliese ihr nicht glaubte, müsste sie doch zu Mila halten, weil sie ihre Enkelin war.
Ich muss hin, dachte Linus, und zwar sofort, bevor Mila mich anschwärzen kann.
Jannis und Finn erschienen, mit Elias im Schlepptau.
»Ich mach auch mit«, sagte Elias.
»Ich muss weg«, sagte Linus hastig. »Tut mir echt leid, aber mir ist grade eingefallen, dass ich wegen Dings … zu Dings … ein andermal, okay?«
Ohne die Reaktion der anderen abzuwarten, schwang er sich

auf sein Rad und sauste den Borgweg entlang. Kurz bevor er Veenholten erreichte, hätte er noch fast eine Krähe überfahren.
Vor Annelieses Haus bremste er und sprang vom Rad. Er ließ es einfach am Straßenrand fallen, rannte zur Tür und klingelte.
Anneliese öffnete.
»Hallo, Linus.«

Sie verhielt sich nicht anders als sonst. Anscheinend hatte Mila noch nicht mit ihr gesprochen. Was war bloß in ihn gefahren, dass er geglaubt hatte, er müsse sofort los, und dass er gerast war, als ginge es um Leben und Tod? Egal, jetzt war er nun einmal hier, also konnte er auch von dem angebotenen Honigkuchen essen und Anneliese ein paar Fragen über früher stellen.
»Sieht Mila ihren Großvater ab und zu?«, begann er. »Ich meine den Seiltänzer.«
»Selten«, sagte Anneliese. »Er lässt sich alle Jubeljahre mal blicken. Und nur kurz, weil er es nirgendwo lange aushält. So wie ich früher.«
»Hattest du damals schon ein Moped?«
Linus hätte sich ohrfeigen können – die Ohrfeige wäre verdient gewesen. Was für eine knalldumme Frage!
Anneliese zog die Augenbrauen hoch, auf die gleiche Art wie Mila bei ihrem letzten Gespräch.
»Ich wollte sagen: Wo habt ihr überall gewohnt, du und der Seiltänzer?«

»Hier und da, in Paris zum Beispiel. Ein Moped hab ich mir erst später zugelegt. Als wir uns getrennt hatten und ich wieder hierhergezogen war.«
»Mochtest du den Seiltänzer nicht mehr?«
»Nein, das war nicht der Grund. Wir hatten ein aufregendes Leben und haben uns sehr geliebt. Aber wir haben auch oft furchtbar gestritten.«
So wie er und Mila.
»Auf Dauer ging es einfach nicht gut mit uns.«
So wie bei ihm und Mila.
»Bei unseren Krächen ging alles Mögliche zu Bruch: Teller, Tassen, Vasen, Lampen. Mein Ex ist Russe, weißt du, und mit den Russen geht manchmal das Temperament durch. Wir aus Drente dagegen sind eher ruhige und nüchterne Menschen.«
Linus versuchte, mit der Zungenspitze die Kuchenkrümel vom Zahnfleisch zu schieben. Plötzlich kam ihm ein Gedanke.
»Wenn Milas Großvater Russe ist, dann ist sie selber auch Russin, zum Teil jedenfalls.«
»Stimmt. Mila hat zu einem Viertel russisches Blut, 25 Prozent.«

Gorilla essen

Linus' Mutter kniete in der Küche und schrubbte den Fußboden. Mit einer Bürste, die sie alle paar Sekunden in einen Eimer mit Seifenlauge tauchte. Dass sie den Boden so bearbeitete, geschah nur, wenn jemand etwas verschüttet hatte. Würde das nicht ab und zu passieren, würde der Küchenfußboden höchstens einmal im Jahr geputzt.

»Warum putzt du den Boden?«, fragte Linus.

»Warum? Weil ich was verschüttet hab. Was glaubst du denn, zum Spaß etwa?«

Und sie putzte so verbissen weiter, als wollte sie den Fußboden nicht sauber machen, sondern umbringen.

»Übrigens, diese Milena war hier.«

»Mila heißt sie!«

Teller, Tassen, Vasen, Lampen … nichts in Reichweite.

»Was wollte sie?«

»Sie hat nur nach dir gefragt.«

Also halb so schlimm. Vielleicht wollte Mila ihm die Mitgliedschaft im Club aufkündigen. Aber damit kam sie zu spät, denn er war bereits ausgetreten. Und zwar aus eigenem Antrieb.

»Halt, da war noch was: Sie hat etwas aus deinem Zimmer geholt, das sie für die Schule brauchte.«

Es kostete Linus enorme Mühe, ruhig zu bleiben. Seine Mutter durfte auf keinen Fall merken, wie aufgeregt er war.

In seinem Zimmer sah alles aus wie immer. Linus atmete erleichtert auf. Dann entdeckte er etwas Weißes auf seinem Schreibtisch. Es war ein Briefumschlag, auf dem sein Name stand. Zögerlich griff er danach, roch daran und betastete ihn. Fühlte sich nicht an, als wäre ein giftiges Pulver oder so drin. Er riss den Umschlag auf:

Okay, du sollst deinen Willen haben.
Andere Aktion, anderer Ort.
Heute Nacht.
Treffpunkt und Uhrzeit wie immer.

Heute war Mittwoch, also konnte er morgen nicht ausschlafen. Aber so etwas kümmerte Mila nicht. Ihr war das egal, weil sie aus russischem Edelstahl war. Er dagegen war ein normaler Mensch, der seinen Schlaf brauchte.
Linus beschloss, nicht hinzugehen. Sollte sie doch sehen, wie sie allein klarkam.
Aber dass sie auf seine Bedenken einging, war interessant. Und neu.

Mmmm, die Fleischklößchen in der Suppe schmeckten lecker. Jetzt konnte er Schweine, Kühe und Hühner essen, so viele er wollte. Auch einen Löwen oder einen Gorilla. Kein Mensch würde sich daran stören.
Bei Tisch erzählte Linus' Mutter, dass Frau van Zandte in der Nacht gestorben war. Seit Tagen schon hatte die alte Dame weder essen noch trinken wollen. Über sieben Jahre lang hatte sie

im Heim gelebt, und Linus' Mutter hatte sie sehr gerngehabt. »Ach, dass immer die nettesten Leute sterben müssen …«, murmelte sie und wischte sich verstohlen die Augen.
Im Hause Homan wurde nur selten geweint, das führte zu nichts, darüber waren sich alle einig. Nur Marlies brach hin und wieder in Tränen aus, aber lange nicht mehr so oft wie früher. »Wenn ich fließendes Wasser sehen will, dreh ich den Hahn auf«, sagte Edmund dann zu ihr.
»Wenn du es nicht ertragen kannst, dass jemand stirbt, musst du dir eine andere Arbeit suchen«, sagte Edmund zu Tina.
Diese Bemerkung trug ihm den giftigsten Blick aller Zeiten ein.

Nach dem Abendessen saß Linus neben Marlies auf dem Sofa. Im Fernsehen lief ein witziger Zeichentrickfilm. Alle paar Sekunden lachte Marlies schallend.
Nach dem Film würden sie schlafen gehen. Und morgen war wieder ein ganz normaler Tag. Ein Tag mit netten, normalen, nicht-gemeinen Jungs. Es gab keinen Grund, aus dem Haus zu schleichen und sich an irgendwelchen fragwürdigen Aktionen zu beteiligen. Wenn Linus es recht bedachte, hatte das Leben ohne Mila nur Vorteile.

Als der Reklameblock anfing, überlegte Linus, ob er doch noch kurz bei Mila vorbeigehen und sagen sollte, dass er nicht kommen würde. Wäre doch blöd für sie, wenn sie ab 00:53 Uhr vergeblich beim großen Stein wartete. Zumal es nachts noch recht kalt war.

Komischer Kauz

»Komm rein«, sagte Mila.
»Ich mach heute Nacht nicht mit.« Vorsichtshalber sprach Linus ganz leise.
»Reinkommen kannst du trotzdem.«
In ihrem Zimmer setzte Mila sich auf die Fensterbank. Linus blieb neben der Tür stehen, damit er notfalls schnell verschwinden konnte.
»Ich geb zu, das war nicht okay von mir«, sagte Mila. »Ich meine, als ich gesagt habe, dass ich mir jemand anderen suche, du weißt schon.«
Linus glaubte, nicht richtig gehört zu haben. Mila Romein gab zu, dass sie – Mila Romein – etwas falsch gemacht hatte. Unfassbar! Ein Jahrhundertereignis geradezu.
Linus zuckte aber nur die Schultern.
»Stimmt. Ich hab mich ziemlich geärgert.«
»Ich hab ja gesagt: war blöd von mir. Aber von dir war's blöd, davonzulaufen.« Sie nahm die Riesenschlange, die neben ihr auf der Fensterbank lag, und warf sie wie einen Schal um ihren Hals.
»Gut, das ist also geklärt.«
Wie? War jetzt mit einem Mal alles wieder in Butter?
»Ich mach heute Nacht trotzdem nicht mit«, beharrte Linus. »Weil ich morgen früh aufstehen muss.«

»Du Schlaffi!« Mila hielt den Schlangenkopf neben ihr Gesicht und zog eine komische Grimasse.
»Was hast du überhaupt vor?«, fragte Linus.
»Geht dich nichts an, wenn du nicht mitmachst. Sobald es schwierig wird, läufst du davon – wer weiß, vielleicht bist du ja ein Verräter.«
Schon nach zehn Sekunden war es mit Milas Nettigkeit vorbei, und sie wurde wieder garstig.
»Ist nicht böse gemeint«, beschwichtigte sie schnell. »Aber ich schätze mal, wenn jemand rausfindet, dass du bei den bisherigen Aktionen dabei warst, und dich tüchtig in die Mangel nimmt, dann knickst zu ein.«
»So, meinst du? Und dein Opa wirft mit Tassen und Lampen und all so was!«
Linus rührte sich nicht vom Fleck, obwohl er am liebsten gegangen wäre. Aber er war kein Davonläufer. Ganz sicher nicht!
»Was soll das denn heißen?«, fragte Mila.
»Nichts. Muss ja nicht immer alles was heißen.«
Es war still.
»Na gut«, sagte Mila. »Ich will heute zur Zoohandlung, tropische Vögel aus einem Käfig befreien.«
»Tropische Vögel? Können die hier überleben, wenn's im Winter richtig kalt wird?«
»Keine Ahnung.«
»Aber wenn sie eingehen, wär das doch schlimm.«
»Darum mach ist es jetzt im Frühling. Dann können sie den ganzen Sommer über frei rumfliegen. Und vielleicht haben sie ja Glück, und der Winter wird nicht besonders kalt.«

»Vögel umbringen, das geht echt nicht!«
Ein Nashorn flog Linus ins Gesicht.
»Ich bring die Vögel nicht um, Homan! Das machen die Leute, denen sie … he!«
Der gelbe Affe war ihr an den Kopf geknallt.

Eine kleine Vase war zu Bruch gegangen, ansonsten hatte die Plüschtierschlacht keine weiteren Opfer gefordert. Als die Riesenschlange zum Einsatz kam, war es spannend geworden, doch Linus hatte sich befreien können, indem er mit dem Dinosaurier auf Mila eindrosch.
Da hatte sie plötzlich gekichert. Und jemanden, der kichert, mit einem Dinosaurier zu schlagen, das brachte Linus denn doch nicht fertig, außerdem musste er selbst lachen.
Vielleicht sollte er öfter sagen, was er dachte, auch wenn Mila anderer Meinung war. Am besten, er machte gleich weiter; die Gelegenheit war günstig, weil sie – noch leicht keuchend – auf dem Bett lagen.
»Weißt du, was ich denke?« Linus stemmte sich auf den Ellbogen hoch. »Vielleicht finden die Tiere es gar nicht so schlimm, in einem Stall oder Käfig zu leben. Weil sie nicht wissen, dass es eine Welt außerhalb davon gibt. Was man nicht weiß, macht einen nicht heiß.«
Mila stemmte sich ebenfalls hoch. »Stell dir vor, du wärst schon dein Leben lang in einem Schrank eingesperrt, weil deine Mutter dich als Baby da reingesteckt hat. Dann wüsstest du auch nicht, dass es eine Welt außerhalb davon gibt. Und trotzdem wärst du todunglücklich.«

So was würde seine Mutter niemals tun. Linus konnte sich den Satz gerade noch verkneifen. »Egal. Ich mach da nicht mit. Die Vögel kannst du allein freilassen.«
»Tsss, du bist vielleicht ein komischer Kauz!«
Komischer Kauz?
Was fiel dieser Mila ein?

Cooler Bussard

Als Linus sich auf den Nachhauseweg machte, begann es zu regnen. Waren eigentlich alle Mädchen so oder nur Mila? So eigensinnig, so rechthaberisch. Und so unüberlegt. Vögel befreien, damit sie anschließend vor Kälte umkamen, war der reine Wahnsinn. Ebenso dieser Schweinebefreiungsplan. Wie sollten die vielen Schweine denn überleben, wenn sie ganz auf sich gestellt wären? Sie würden frieren, nicht genug zu fressen finden und keinen Unterschlupf haben. Anders als Mila dachte er über solche Dinge nach. Und statt ihm dankbar zu sein, dass er sie darauf hinwies, hatte sie ihn auch noch angepatzt.
Es regnete stärker. Das Wasser lief Linus in Bächen übers Gesicht, und er musste sich dauernd die Augen wischen, damit er überhaupt noch etwas sah.
Vielleicht kam es den Tieren ja eher zugute, wenn er Mila widersprach, statt zu allem Ja und Amen zu sagen? Linus musste wieder an Schnuffel denken. War er inzwischen tot, weil ein Fuchs oder ein Bussard sich auf ihn gestürzt hatte? Füchse und Bussarde gab es in der Umgebung von Veenholten viele. Aber das war Mila vermutlich egal. Der arme Schnuffel, bestimmt hatte er keine Ahnung, wie man sich in der Natur vor Feinden schützt. Er hatte es nie gelernt, weil er sein Leben lang ein Schmusekaninchen gewesen war.
Als Linus in seine Straße einbog, war er sich ganz sicher: Mila

bildete sich nur ein, sie würde den Tieren etwas Gutes tun, in Wirklichkeit aber hatten die befreiten Tiere nur Nachteile davon.
Inzwischen waren seine Turnschuhe völlig durchweicht. Eine nasse Spur hinter sich zurücklassend, ging Linus durch die Waschküche ins Haus und zog dort die Schuhe aus.
Sein Vater konnte sich über alle möglichen Kleinigkeiten aufregen: eine Socke auf dem Sofa, eine in den Teppich getretene Erdnuss oder die Fernsehzeitschrift am falschen Platz. Nasse Fußabdrücke auf den Fliesen würden ihn bestimmt auch nicht freuen, und seine Mutter schon gar nicht.

Linus putzte seine Zähne und betrachtete sich im Spiegel. Vom Trockenrubbeln standen seine Haare in alle Richtungen ab. Sah cool aus, diese Frisur. Ein bisschen wie ein Fuchs oder Bussard.
Gefressen zu werden mochte für ein Kaninchen nicht schön sein, aber wenn es entkam, war der Fuchs oder der Bussard der Dumme. Dann hatte der nichts zu fressen und musste womöglich verhungern.
Aus dem Grund schaute seine Mutter so ungern Naturfilme: Der eine wurde vom anderen gefressen, so lief das nun mal in der Natur.

Linus zog seinen Cowboyschlafanzug an, legte sich ins Bett und schlug das Buch über Amerika an irgendeiner Stelle auf. Der amerikanische Bürgerkrieg – davon wusste er inzwischen eine ganze Menge, nicht zuletzt, weil er vor Kurzem ein Re-

ferat darüber gehalten hatte. Eine Zeitlang war er ein Fan von General Grant gewesen, der ein repus-guter Stratege war. Bis ihm Zweifel kamen, ob man Fan von jemandem sein konnte, der seit Langem tot war und von dem nur noch ein Skelett existierte.
Linus blätterte weiter bis zu einem Bild von General Grant in Uniform.
Er sollte sich lieber Gedanken über die Schweineaktion machen. Wenn Mila ihr Ding durchzog, würde es schiefgehen – und diesmal, da war sich Linus sicher, so richtig schief.
Linus schob das aufgeschlagene Buch unter sein Kissen, sodass das Bild von General Grant direkt unser seinem Kopf zu liegen kam. Eine drahtlose Verbindung zum Gehirn – davon erhoffte er sich Inspiration. Ein normal guter Plan reichte in diesem Fall nämlich nicht, es musste ein Plan sein, mit dem man einen Krieg gewinnen konnte.

Honigkuchenpferd

Unauffällig schlenderte Linus in der großen Pause zu Mila, die beim Klettergerüst herumstand. Sie sah aus, als hätte sie zu wenig Schlaf bekommen.
»Hast du die Vögel freigelassen?«
»Warum gehst du so komisch?«
»Weil ich nicht auffallen will.«
»So erreichst du nur das Gegenteil, alle schauen her.«
Mila übertrieb mal wieder. Lediglich Elias schaute her, und Jannis auch, aber Elias und Jannis waren ja wohl längst nicht *alle*.
»Ich war nicht bei der Zoohandlung.« Mila wich Linus' Blick aus. »Ohne Aufpasser war mir das zu gefährlich.«
»Ich hab mir was ausgedacht«, sagte Linus und hoffte, dass er dabei nicht wie ein Honigkuchenpferd strahlte.
Letzte Nacht hatte er noch eine ganze Weile wach gelegen, unter seinem Kopf den berühmten General, und dabei war tatsächlich ein Plan herausgekommen. Und zwar ein so raffinierter Plan, dass er glatt von Grant selbst hätte stammen können. Der General hatte ihm dazu gratuliert und ihm unter der wehenden amerikanischen Flagge einen Orden an die Brust geheftet.
Okay, das mit dem Orden hatte er geträumt.
»So, hast du?« Mila lehnte sich an den Holzpfahl.

»Ja.«
Linus schlenderte weiter.
So machte man das: einen Bissen hinwerfen, um die Neugier anzustacheln, und sich dann erst einmal wieder zurückziehen.
Er stellte sich zu Elias und Jannis.
»Bist du jetzt der Lover von Mila Romein?«, fragte Jannis.
»Bin ich nicht.«
»Wärst du aber gern.« Elias grinste.
Linus zog den rechten Mundwinkel hoch: »Mann ey, sei nicht kindisch!«
Dann klingelte es auch schon, und sie mussten wieder ins Klassenzimmer, Elias mit verkniffener Miene.

S-Plan – so hatte Linus ihn genannt. Das bedeutete Schweineplan und zugleich Siegesplan. Er sah nicht die Befreiung von Tausenden Schweinen vor, weil das ein Ding der Unmöglichkeit war. Linus' Plan war viel besser, weil er für alle Beteiligten – einschließlich der Schweine – weniger gefährlich war. Und Mila hatte ja selbst gesagt, es gehe vor allem darum, Aufmerksamkeit zu erregen. Wenn die Zeitungen oder sogar das Fernsehen über etwas berichteten, würden die Leute wenigstens anfangen, sich Gedanken darüber zu machen.
Die einzige Schwierigkeit bestand darin, dass zur Ausführung des S-Plans ein Erwachsener gebraucht wurde. Anneliese wäre die Idealbesetzung, aber ob Mila einverstanden wäre, dass ihre Oma eingeweiht wurde? Schließlich war Anneliese kein ATF-Mitglied.
Während der Erdkundestunde erstellte Linus eine To-do-Liste:

1. Meine Eltern so weit bringen, dass sie ohne mich nach Meppel fahren.
2. Mila überzeugen, dass Anneliese mitmachen muss.
3. Anneliese zum Mitmachen überreden.
4. Telefonieren (soll Anneliese übernehmen).
5. Mails schreiben.

Zu Punkt 1 hatte Linus sich bereits eine Strategie zurechtgelegt. Das war ihm nicht sonderlich schwergefallen, weil er schon x-mal mit Elias *Stratego* gespielt hatte. Bei diesem Spiel kam es auch darauf an, schlau zu sein und vorauszudenken. Sein Plan war noch schlauer und raffinierter als die Telefonstöraktion, weil er sich diverse Ausreden hatte überlegen müssen. Aber so war das nun einmal: Einen Krieg gewann man auch nicht, indem man Puderzucker verstreute und flauschige Küken streichelte. Seine Eltern anzuschwindeln, war zwar nicht nett, aber auf jeden Fall weniger schlimm, als das Leben von Tieren aufs Spiel setzen.

Als Erstes ging Linus in die Küche, wo seine Mutter Zwiebeln schnitt.

»Ich steh in Bio gerade gar nicht gut, Mama«, sagte er.

Seine Mutter legte das Messer weg und sah ihn an.

»Wie kommt das? In Biologie hast du doch sonst immer gute Noten.«

»Ich hab ein Projekt in den Sand gesetzt, das ich mit Mila zusammen gemacht hab. Aber wir dürfen es wiederholen.«

»Na, dann ist es ja gut.« Sie griff wieder nach dem Messer.

»Es ist nur so, dass … also: Wir müssen es am Montag vorstellen. Dafür wird ganz bestimmt das ganze Wochenende draufgehen.«
»Am Sonntag fahren wir doch nach Meppel.«
»Ach so … ja …«
Bedrückte Miene aufsetzen und weggehen.

Später bei Tisch:
»Linus muss an einem Projekt für die Schule arbeiten«, sagte Tina.
»Ja und?«, fragte Edmund.
»Er muss es am Montag vorstellen und deshalb am Wochenende was dafür tun. Also müssen wir den Besuch in Meppel verschieben.«
Ups. *Verschieben?* Das war Linus überhaupt nicht in den Sinn gekommen.
»Wie? Schon wieder? Meine Mutter war schwer enttäuscht, weil wir am letzten Sonntag abgesagt haben. Nein, verschieben kommt nicht in die Tüte. Wir fahren.«
»Dann komm ich eben mit«, lenkte Linus ein. »Eine schlechte Note ist ja kein Weltuntergang.«
Das sahen seine Eltern jedoch anders, und schon war die Sache geritzt.
Mit ein bisschen List und Tücke kam man weiter als mit der Wahrheit, so wie letzten Sonntag, als Linus ehrlich gesagt hatte, dass er nicht mitwollte, und sich dadurch ordentlich Ärger eingehandelt hatte.

Als Nächstes vergewisserte er sich, dass seine Mutter vorhatte, mit dem Suzuki zu fahren. Und das hatte sie! Meistens entschied sein Vater solche Sachen, aber wenn seine Mutter sich etwas in den Kopf setzte, konnte sie hartnäckig sein. In diesem Fall passte das hervorragend.

Nach dem Essen ging Linus zu Anneliese. Er näherte sich dem Haus von der anderen Seite her, um nicht am Grundstück von Milas Eltern vorbeizumüssen. Punkt 2 wollte er erst einmal auslassen, weil zu kompliziert. Besser war es, zunächst Anneliese für das Vorhaben zu gewinnen. Auch wenn es Mila nicht passen würde, vor vollendete Tatsachen gestellt zu werden.

Kein Schwein

»Du spinnst, Linus«, sagte Anneliese. Er war sehr vorsichtig gewesen und hatte weder die ATF noch die bisherigen Aktionen erwähnt.
»Auf was für Ideen du kommst«, fuhr sie fort. »Das muss ich erst einmal gründlich überdenken.«
Sie stand vom Sofa auf und ging in die Küche.
Linus folgte ihr.
»Es kann nichts passieren«, versicherte er. »Und wir machen auch nichts Verbotenes.«
Anneliese öffnete den Kühlschrank und den Vorratsschrank und stellte Butter, Eier, Zucker, Mehl und noch ein paar Sachen auf die Arbeitsplatte. Haferflocken waren nicht dabei.
»Wenn ich etwas mit den Händen mache, kann ich besser denken«, erklärte sie. »Ich hoffe, es stört dich nicht, wenn ich backe.«
Linus schüttelte den Kopf. Im Gegenteil!
»Weißt du, ich sehe da ein paar Probleme. Es fängt schon damit an, dass ich kein Auto hab.« Anneliese gab die Zutaten ohne vorheriges Abwiegen in eine Schüssel.
»Wenn wir es diesen Sonntag machen, können wir unser Auto nehmen. Das ist groß genug.«
Anneliese begann mit dem Teigkneten.
»Erstaunlich, dass deine Eltern dich bei solchen Sachen unterstützen.«

»Ja, ich staune auch immer wieder über meine Eltern …«

Als der Teig fertig war, nahm Anneliese ein Backblech aus dem Ofen und fettete es ein. Dann formte sie aus dem Teig Kugeln und drückte sie auf dem Blech platt. Zwölf große Plätzchen … und immer noch war Teig übrig. Anneliese belegte ein zweites Blech, diesmal mit siebeneinhalb Plätzchen. Die ganze Zeit über sagte sie nichts und konzentrierte sich ganz auf ihre Arbeit. Am Ende hielt sie Linus, der neben ihr stand und zugesehen hatte, die Schüssel hin.

»Hier, für dich.«

»Soll ich sie spülen?«

»Aber nein, auslecken natürlich, mit dem Finger!«

Die Plätzchen wanderten in den Ofen.

Linus setzte sich an den orangefarbenen Küchentisch und nahm sich die Teigschüssel vor.

Anneliese hatte sich an die Anrichte gelehnt.

»Für Mila wäre das eine feine Sache«, sagte sie nachdenklich. »Es macht ihr so zu schaffen, wenn Tiere leiden müssen. Aber trotzdem, Linus, was du da vorschlägst, ist wirklich ein bisschen verrückt.«

Das wiederum klang weniger verheißungsvoll.

Die Backofenuhr tickte.

»Aber du kennst mich ja: Für Verrücktheiten hab ich eine Schwäche. Geh doch mal rüber und hol Mila. Ich fahr inzwischen den Computer hoch.«

Das ließ Linus sich nicht zweimal sagen. Ein Außerirdischer, der zufällig gerade auf Veenholten hinabblickte, hätte eine

Leuchtkugel dahinzischen sehen, dachte Linus. Er war sicher, dass sein Strahlen bis weit in den Weltraum reichte.

Als Anneliese zu ihm gesagt hatte, dass er spinne, hatte sich das wie ein Kompliment angehört. Der gleiche Satz von Mila, nachdem er im Flur alles herausgesprudelt hatte, klang eher wie eine Beleidigung.

»Vergiss es«, fuhr sie fort. »Das klappt nie und nimmer.«

Dass sie vor Begeisterung Luftsprünge machen würde, hatte er nicht erwartet, aber ihre Reaktion enttäuschte ihn doch. Denn seine Idee war gut, repus-gut sogar.

»Dann machen wir's eben ohne dich«, sagte er.

»Was heißt das? Wer ist denn wir?«

Mila zog die Augenbrauen hoch. So weit, dass nur noch ein kleines Stückchen bis zur Decke fehlte.

»Anneliese und ich. Sie macht nämlich mit.« Linus drehte sich um und ging seelenruhig zur Haustür. Ihm war, als könnte er es hinter sich knistern hören. »Überleg's dir«, sagte er lässig. »Wir können jede Hilfe gebrauchen.« Er öffnete die Tür.

»Sie ist *meine* Oma, Homan, nicht deine!«, platzte Mila los. »Und es geht um meine Schweine, nicht um …«

Peng. Die Tür fiel hinter Linus ins Schloss.

Linus und Anneliese steckten mitten in den Vorbereitungen, als die Tür aufging und Mila ins Zimmer marschierte.

»So ist das also!«, sagte sie und bedachte Linus mit einem Blick, als hätte er gerade mehreren Kaninchen das Fell abgezogen, um einen Pelzhandel aufzumachen. Aber immerhin:

Sie war gekommen. Jetzt musste sie nur noch einsehen, dass sein Plan richtig gut war, dann würde sich die Begeisterung schon einstellen.
»Ich ruf dann mal die Bauern an«, sagte Anneliese. »Geht bitte raus, ihr beiden, sonst bin ich zu nervös.«
»Hier, das musst du sagen.« Linus schob ihr einen Zettel mit Stichwörtern hin. Nun hieß es Daumen drücken, dass einer anbiss!
Anneliese wedelte ungeduldig mit der Hand.
»Geht schon! Setzt euch ins Wohnzimmer und schreibt einen Entwurf für die Pressemitteilung«, sagte sie.
»Presse-was?«, fragte Mila.
»Pressemitteilung«, sagte Linus. »Das ist ein Text, in dem steht, was genau wir machen und warum und wo und wann. Den schicken wir dann per Mail an jede Menge Journalisten.« Anneliese hatte ihm das vorhin genau auseinandergesetzt.
»Mein Plan ist zwar besser, aber deiner lässt sich leichter ausführen«, sagte Mila zu Linus' Verwunderung, als sie ins Wohnzimmer gingen.
»Und kein Schwein kommt dabei zu Schaden«, ergänzte er.
Mila drehte sich zu Linus um, der ein paar Schritte hinter ihr stehen geblieben war.
»In einem Stall eingepfercht zu sein, gemästet und dann geschlachtet zu werden – *das* schadet den Schweinen. Das überlebt keins.«
So hatte sie doch wieder das letzte Wort.

Blaubartfrösche

Linus fuhr aus dem Schlaf hoch. Heute war Sonntag. Der große Tag! Alles war bis ins kleinste Detail vorbereitet. Der Hof, zu dem sie fahren wollten, lag im Süden von Drente, ein ganzes Stück von Veenholten entfernt. Was bedeutete, dass der *Kurier* und der *Nordwester* wohl nicht über ihre Aktion berichten würden. Wenn alles nach Plan lief, würden seine Eltern nichts von der Sache erfahren.

Was passieren würde, wenn sie doch etwas mitbekämen, wagte Linus sich gar nicht auszumalen. Edmund und Tina wären bestimmt hell entsetzt, wenn sie in der Zeitung lesen würden, was ihr Sohn ausgeheckt hatte. Noch dazu mit *ihrem* Auto und einem Schwein im Kofferraum.

Linus strich Erdnussbutter auf sein Brötchen. Den Schinken und die Salami ließ er aus Rücksicht auf das Schwein, das sie heute freikaufen wollten, weg.

»Mir ist es gar nicht recht, dass Linus den ganzen Tag allein zu Hause ist«, sagte seine Mutter.

»Ich bin ja nicht allein, ich geh zu Mila. Dort krieg ich auch was zu essen. Ihr braucht euch keine Sorgen zu machen. Ruft einfach an, wenn ihr wieder da seid.«

»Was ist das eigentlich für ein Projekt, an dem ihr arbeitet?«, wollte seine Mutter wissen.

»Für Bio, das weißt du doch. Es geht um Tiere.«
»Tiere, wie nett. Was für Tiere?«
»Blaubartfrösche. Und ihren Laich.«
»Ach, Froschlaich … das erinnert mich an meine Schulzeit. Wir haben auch immer …«

Die Zeit am Frühstückstisch verging im Tropfsteintempo. Aber irgendwann war es doch soweit: Linus' Mutter räumte das Geschirr ab. Und nach endlos vielen Ermahnungen, Ratschlägen und Belehrungen stiegen sie in den Suzuki und meppelten ab. Linus hatte das Haus für sich allein. Und das Auto. Und die Welt. Er nahm den Reserveschlüssel aus der Schublade. Dann suchte er noch ein paar alte Zeitungen zusammen, um den Kofferraum damit auszulegen.

Der dunkelblaue Volvo der Homans fuhr gemächlich durch die Drenter Landschaft, vorbei an Wiesen, Feldern und Äckern, durch Dörfer und Waldstücke.
Anneliese hatte sich geweigert, die Schnellstraße zu nehmen. »Auf dem Rückweg fahren wir auch Landstraße«, sagte sie. »Das ist ruhiger, und außerdem weiß ich gar nicht, ob es erlaubt ist, Schweine in Personenwagen zu transportieren.«
»Warum sollte es nicht erlaubt sein?« Milas Kopf schob sich zwischen die zwei Vordersitze. »Viele Leute karren doch ihre großen Hunde auch im Auto durch die Gegend.«
Linus warf Anneliese einen Seitenblick zu.
»Glaubst du, die Journalisten kommen?« Wenn keiner auftauchte, war all ihre Mühe umsonst. Schon beim Gedanken

daran zog sich sein Magen zusammen. Wie war er nur auf diesen Plan verfallen? Er war wirklich verrückt – Anneliese hatte das gesagt. Mila auch. Und inzwischen sah er es selbst so.
»Hoffen wir's«, sagte Anneliese. »Ich hab die Pressemitteilung am Freitagabend noch an ein paar weitere Adressen geschickt. Und mit einem Freund von früher telefoniert, der beim Fernsehen arbeitet.«
»Beim Fernsehen? Voll cool«, sagte Mila.
»Abwarten.«
Wäre echt irre, wenn sie ins Fernsehen kämen. Andererseits … Linus schob schnell den Gedanken daran zur Seite, wie seine Eltern wohl reagieren würden, wenn sie herausbekämen, was er an diesem Sonntag veranstaltet hatte.
»Linus' Plan hat einen großen Nachteil«, sagte Mila. »Er funktioniert nur, wenn diese Leute kommen. Hätten wir meinen durchgezogen, wären wir garantiert ins Fernsehen gekommen, und zwar in die Abendnachrichten.«
»Was hattest du denn vor, Liebes?«, fragte Anneliese.
»Ach … äh … nichts weiter.«
Linus triumphierte innerlich. Mila hatte sich verplappert, Mila machte auch Fehler, Mila war nicht perfekt. Das konnte er ihr bei passender Gelegenheit unter die Nase reiben.
Zum Glück fragte Anneliese nicht weiter.
Linus suchte auf der Karte, die im Türfach gesteckt hatte, nach dem Weg. Das Auto hatte zwar ein eingebautes Navigationssystem, aber keiner von ihnen konnte damit umgehen.
Wäre die Anspannung nicht gewesen, hätte er die Fahrt richtig genießen können. Mit Anneliese am Steuer und Mila auf

der Rückbank. Im Moment passierte in seinem Leben derart viel, dass er ein ganzes Buch darüber hätte schreiben können. Der Karte nach mussten sie bald am Ziel sein. Sie fuhren durch das Dorf De Wilt, das letzte vor ihrem Ziel. An der Straße, die aus dem Ort hinausführte, lag der Hof von Bauer Rulofs. Und irgendwo an dieser Straße würden sie nachher auf die Journalisten warten. Nicht zu nah beim Hof, sonst würde der Bauer die Sache sofort durchschauen. Und das war nicht Teil des Plans.

Putziges Hängebauchschwein

Die Pressemitteilung war richtig gut geworden. Wenn auch nicht alles darin der Wahrheit entsprach. Anneliese, die die Hauptarbeit geleistet hatte, meinte aber, das sei egal – der Text müsse seine Wirkung tun, allein darum gehe es.

PRESSEMITTEILUNG

KINDER KAUFEN SCHWEIN FREI

Am Sonntag, dem 22. April, dem Internationalen Tierbefreiungstag, werden zwei Kinder ein Schwein freikaufen.
Zeit: 14:00 Uhr
Ort: De Wilt (Drente)

FREIHEIT

Die Idee entstand, als die Kinder sich in der Schule mit dem Thema Sklaverei befassten. General G. – so der Deckname eines der jungen Aktivisten: »Sklaverei ist etwas Schreckliches. Zum Glück hat man sie abgeschafft. Aber auch heute noch ist es wichtig, sich Gedanken über die Freiheit zu machen, nicht nur von Menschen, sondern auch von Tieren.«

EURO-AKTION

»Am liebsten würden wir alle 12 Millionen Schweine in den Niederlanden freikaufen, aber dafür haben wir nicht genug Geld«, sagt Russina, die zweite Aktivistin. »Wir haben nicht einmal genug für ein einziges Schwein. Das Geld dafür leiht uns Oma. Darum führen wir eine Euro-Aktion durch. Einen Euro kann fast jeder entbehren. Wenn viele Kinder (und Erwachsene natürlich auch) einen Euro spenden, können wir unsere Schulden bei Oma begleichen. Und falls danach noch Geld übrig ist, spenden wir es dem Schweineasyl »Zur fröhlichen Sau«, in dem wir das freigekaufte Schwein unterbringen. Am schönsten wäre es, wenn das Schwein frei in der Natur leben könnte, aber das scheint uns zu gefährlich. Also: Wer möchte, kann uns einen Euro auf Omas Konto überweisen: 00056.345.87.99. Gern auch mehr als einen Euro.«

PARTY

Für besonders großzügige Spender wird im Sommer eine FREIHEITS-PARTY veranstaltet. Sie können das befreite Schwein dann persönlich kennenlernen und sich mit ihm fotografieren lassen.

WEITERE INFORMATIONEN

(nicht zur Veröffentlichung bestimmt)

General G. und Russina stehen für Interviews bereit, sobald die Freikaufaktion abgeschlossen ist. Sie finden die beiden am Schafweg, südliche Ortsausfahrt von De Wilt. Unter der Nummer 06–97445221 erhalten Sie ab 14:00 Uhr nähere Auskünfte zum Ort.

Sie waren da. Von der Straße aus sah man ein Bauernhaus und daneben drei lang gestreckte Flachbauten: die Schweineställe. Anneliese stellte das Auto auf dem Grünstreifen ab.

»Sollen wir noch mal kurz durchsprechen, was wir sagen wollen?«, fragte sie.

Linus merkte ihr die Aufregung an. Tröstlich, dass er nicht als Einziger nervös war.

Mila mit ihrer Edelstahlnatur hatte damit kein Problem: »Muss das sein? Wir haben es doch x-mal durchgekaut. Los, kommt jetzt!« Und schon hatte sie die Tür geöffnet. Anneliese und Linus tauschten einen Blick.

»Na denn …«, sagte Anneliese, nahm Linus' Hand und drückte sie kurz.

Seltsam war das: Sie hatten nichts Verbotenes vor, und trotzdem fühlte es sich so an.

Mila drückte auf die Klingel. Eine muntere Melodie erklang, die Linus' Herz noch schneller schlagen ließ.

Sie hatten abgemacht, sich möglichst kurz zu fassen. So waren weniger Lügen nötig – und die Gefahr, sich zu verplappern, war geringer.

Linus fragte sich, wie der Bauer reagieren würde, wenn er

wüsste, worum es ihnen wirklich ging. Sie mit Jauche übergießen, mit Kartoffeln bewerfen oder mit der Heugabel auf sie losgehen? Mit zornigen Bauern hatte Linus keine Erfahrung. Er kannte lediglich ein paar Kinder, deren Väter Bauern waren, Jannis zu Beispiel. Und dessen Vater war nett und gutmütig.

Die Tür ging auf, und ein Mann stand vor ihnen. Er reichte Anneliese die Hand.

»Tag. Mein Name ist Rulofs.« Dann musterte er Mila und Linus. »Und ihr beide sollt also ein Schwein bekommen?«

Linus nickte. Mila ebenfalls.

»Da könnt ihr euch freuen. Schweine sind prima Tiere.« Er lächelte.

Wenn Mila bloß jetzt nichts Falsches sagte – das war Linus' größte Sorge. Besser wäre es gewesen, sie hätten ihr vorsorglich den Mund mit Paketband zugeklebt.

Herr Rulofs sah nicht aus wie ein fieser Tierquäler oder gar ein mordlustiges Monster. Sondern wie ein Bauer, was in seinem Fall normal war.

»Wär's nicht netter, ihr würdet ein Ferkel nehmen?«, fragte er. »Mein Schwager hat einen Zuchtbetrieb, dort könntet ihr euch eins holen.«

Wenn Mila nur den Mund hielt …

»Darüber haben wir schon gesprochen«, sagte Anneliese. »Die Kinder wollen ein ausgewachsenes Schwein, kein Ferkel. Nicht wahr, ihr beiden?«

Linus nickte. Mila ebenfalls, wenn auch mit zusammengepressten Lippen.

»Ein Ferkel ist ihnen zu … klein«, fuhr Anneliese fort.

»Genau, mit kleinen Sachen halten wir uns nicht auf«, sagte Mila patzig.
Linus wünschte sich, eine Tube Sekundenkleber zur Hand zu haben. Aber ob das geholfen hätte?
»Die meisten Leute finden kleine Tiere niedlich«, redete Mila auch schon weiter. »Aber kleine Tiere werden groß. Darum wollen wir gleich ein großes Schwein. Große Schweine – große Pläne.«
Annelieses Lächeln gefror zu einer Grimasse. »Da hast du recht, mein Liebes«, sagte sie gepresst zu Mila. Und an Rulofs gewandt: »Es bleibt also dabei.«
»Mir soll's recht sein.« Der Bauer schlüpfte in seine Gummistiefel, die neben der Haustür standen. »Ich hätt aber auch ein paar putzige Hängebauchschweine, die …«
»Uns geht's nicht um putzig«, fiel Mila ihm ins Wort.
Falls Rulofs noch nicht kapiert hatte, dass mit Mila nicht gut Kirschen essen war, sorgte spätestens ihr stechender Blick dafür. Linus war froh, dass er nicht ihm galt – er wäre womöglich auf der Stelle tot umgefallen. Der Bauer hatte anscheinend eine robustere Natur, denn er zuckte nicht einmal zusammen.
»Na, dann kommt mal mit«, sagte er.

Gans mit Schluckauf

Der Stall war riesengroß und, so weit das Auge reichte, voller Schweine. Sie waren gruppenweise in Gitterkäfigen untergebracht, die nach oben hin offen waren.
»Sucht euch eins aus«, sagte Rulofs.
Linus sah Mila an. Sie war weiß wie die Wand.
»Ist schon anders, als eine Katze aus dem Tierheim zu holen«, sagte Anneliese mit unnatürlich hoher Stimme.
»Oma, wir nehmen zwei!«
Sie hätten Mila eine Socke in den Mund stopfen und sie mit einem Schal knebeln sollen. Oder sie gar nicht erst mitnehmen.
»Wie bitte?«, rief Anneliese.
»Zwei wollen wir!«
»Eines«, korrigierte Anneliese. »Du hast es vielleicht vergessen, Liebes, aber wir haben ausgemacht, dass wir eines nehmen. Für zwei hab ich nicht genug Geld dabei.« Sie versuchte zu lachen, brachte aber nur Geräusche zustande, die sich anhörten wie eine Gans mit Schluckauf.
»So sind Kinder nun mal: wollen-wollen-wollen.«
Rulofs zwinkerte Anneliese zu.
»Wir müssen das noch kurz besprechen«, sagte Mila. »Momentchen.« Und schon zog sie Anneliese mit sich ins Freie.
Linus blieb stehen, obwohl er lieber mitgegangen wäre. Die Stallluft war dumpf und drückend, und es stank penetrant

nach Schweinemist. Die Schweine selbst lagen oder standen herum. Etwas anderes blieb ihnen auch nicht übrig, so wie sie hier zusammengepfercht waren. ATF – *Alle Tiere frei,* dachte Linus. Hier kann man erleben, wie das Gegenteil davon aussieht. Die Tiere waren alles andere als frei und wirkten müde und matt.

Er schauderte bei der Vorstellung, dass Teile von diesen Schweinen womöglich bald auf seinem Teller lagen.

Da tauchte Anneliese wieder auf.

»So, das Missverständnis ist geklärt, Herr Rulofs«, sagte sie. »Die Kinder sollen jeweils ein Schwein bekommen, nicht eines zusammen. Und für das Tier wäre es auch nicht schön, allein zu sein, wo Schweine doch Gruppentiere sind.«

Rulofs zuckte die Schultern. »Mir soll's recht sein.«

»Kann ich mit Karte bezahlen?« Anneliese lächelte wenig hoffnungsvoll.

Linus und Mila saßen auf einem Weidegatter auf der anderen Straßenseite, so wie neulich nachts an der Pferdekoppel. Anneliese war ins Dorf gefahren, wo es einen Geldautomaten gab.

»Such du die Schweine aus«, sagte Mila zu Linus. »Ich kann nicht noch mal in diesen Stall. Außerdem würde ich sie am liebsten alle mitnehmen. Aber zwei sind besser als eins.«

»Wie hast du es denn geschafft, Anneliese so weit zu kriegen?«

»Ich hab geheult«, sagte Mila. »Rotz und Wasser. Heulen hilft immer. Aber ich hab nicht so getan als ob, ich musste echt heulen. Mir tun die armen Tiere so leid. Demnächst enden sie im Schlachthof.«

»Demnächst?«
»Bald jedenfalls. Wann genau, weiß ich auch nicht.«
»Wahrscheinlich kauft der Bauer von Annelieses Geld neue Ferkel und mästet sie«, sagte Linus. Eine unpassende Bemerkung, aber es lag nun einmal auf der Hand. Den Schweinen im Allgemeinen war mit ihrer Aktion nicht geholfen.
Mila nickte. »Ich weiß …«
»Wie nennen wir die beiden?«
Eine Zeit lang war es still.
»Spick und Spock«, sagte Mila dann. »Nicht Speck.«
»Oder Grinz und Granz. Nicht Grunz.«
»Nein«, sagte Mila. »Spick und Spock Nicht-Speck. So heißen sie. Nicht-Speck ist ihr Nachname.«

Sie überließen es dem Bauern, zwei Schweine auszusuchen. Linus verzichtete ebenfalls darauf, den Stall noch einmal zu betreten.
Anneliese lenkte den Volvo vor die Stalltür, und Rulofs trug die Schweine nacheinander durch die Stallgasse und verfrachtete sie in den Laderaum. Er keuchte leicht.
»Man kann sie gerade noch heben«, meinte er. »Sind ja recht junge Tiere.«
Und zu Linus und Mila sagte er, sie könnten sich glücklich preisen, eine Oma wie Anneliese zu haben, denn es sei nicht normal, dass Kinder zum Geburtstag Schweine bekämen.
»Ich weiß noch viel mehr, was nicht normal ist«, sagte Mila und wollte schon zu einer langen Predigt ansetzen, da ergriff Anneliese das Wort und redete hektisch auf den Bauern ein.

Mila und Linus seien ihre Enkelkinder, sagte sie, nicht Bruder und Schwester, sondern Cousin und Cousine. Zufällig hätten sie am gleichen Tag Geburtstag und würden beide elf, was eine Schnapszahl sei, und darum müssten sie ein ganz besonderes Geschenk haben.
»Ja, das haben Sie mir, glaub ich, schon am Telefon gesagt«, erwiderte Rulofs.
Mila saß bereits im Auto. Diesmal auf dem Beifahrersitz.
Rulofs schloss vorsichtig die Heckklappe.
»Wie schwer werden die Schweine eigentlich?«, erkundigte sich Anneliese.
»Bei mir etwa 115 Kilo. Dann gehen sie weg.«
»Wohin?«, fragte Linus.
»In den Schweinehimmel, wenn man so will«, sagte Rulofs.
Gott sei Dank bekam Mila das nicht mit, weil die Fenster zu waren.
Dann sah Linus, wie mehrere Hunderter den Besitzer wechselten. Oje, da brauchte es viele Eurokinder! Ob wohl genug Geld zusammenkam? Vorausgesetzt, es gingen überhaupt Spenden ein …
Mila klopfte an die Scheibe, deutete erst auf Linus und dann hinter sich.
Schon klar, er würde auf der Rückfahrt hinten sitzen. Aber ganz wohl war ihm nicht dabei. Was, wenn die Schweine nach ihm schnappten?
»Was ist denn da drüben los?« Rulofs wies zur Landstraße hin. Dort stand ein Mann neben seinem Auto. Und gerade hielt ein zweites Auto an, dem eine Frau entstieg. Und ein Mann

mit einer Kamera. Die drei blickten sich erst suchend um und machten dann Anstalten, den Weg zum Hof einzuschlagen.
»Liebe Güte, wir müssen los!«, rief Anneliese. »Wiedersehen, Herr Rulofs. DankefüralleshoppLinusreininsAuto.«
Linus riss die Beifahrertür auf und zwängte sich neben Mila. Anneliese saß bereits am Steuer.
»Was sind das für Leute?«, rief Rulofs. »Habt ihr die herbestellt? Und was wollen ...« Der Rest war nicht mehr zu verstehen, weil Anneliese den Motor anließ, und dann fuhren sie auch schon in Richtung Landstraße.
Bei den Journalisten würden sie anhalten müssen, und wenn Rulofs das mitbekam ... Linus warf einen schnellen Blick in den rechten Seitenspiegel: Der Bauer verfolgte sie nicht, er war überhaupt nicht mehr zu sehen. Wahrscheinlich ins Haus gegangen.
An alldem hatte Mila Schuld. Weil sie auf einem zweiten Schwein bestanden hatte. Darum hatte Anneliese Geld ziehen müssen, und es war später geworden als geplant.
Der Kameramann hatte bereits zu filmen begonnen. Anneliese hielt an und ließ das Seitenfenster herunter. Aber noch ehe sie ein Wort sagen konnte, bat der andere Mann auch schon, sie sollten aussteigen, er sei als Erster vor Ort gewesen und habe darum das Recht auf das erste Interview.
Eigentlich hatten sie sich ein Stück von Rulofs' Hof entfernt an den Straßenrand stellen wollen, mit einem Schild und einem Transparent, das sie vorbereitet hatten. Auf dem Schild stand »Freiheit für alle Tiere« und auf dem Transparent »Schweine sind Tiere, keine wandelnden Schinken«.

Jetzt hatten sie keine Zeit mehr, das Schild aufzustellen, und es waren auch keine Bäume da, zwischen denen sie das Transparent hätten aufspannen können.
Ein weiteres Auto hielt. Und noch eines.
»Ich fahre weiter«, sagte Anneliese. »Das wird mir zu aufregend.«
»Nein!«, rief Mila. »Genau das haben wir doch gewollt!« Sie stieß Linus an. »Mach die Tür auf!« Und weil es ihr nicht schnell genug ging, beugte sie sich über ihn und riss am Türgriff. »Los, aussteigen!« Milas Ellbogen bohrte sich schmerzhaft zwischen seine Rippen.
»Nicht hier, Mila«, wandte Anneliese ein. »Das können wir echt nicht machen, dieser Herr Rulofs …«
»Zu spät, Oma.«
Linus stand bereits draußen. Nicht zu fassen, da hielt schon wieder ein Auto. Diesmal stieg ein Mann mit umgehängtem Fotoapparat aus.

Im Floh

Die Frau und der Kameramann aus dem zweiten Auto waren von der Nachrichtenredaktion des Kinderfernsehens.
Mila gab sich so cool, als stünde sie täglich vor der Kamera, schnitt aber zwischendurch Grimassen zu Linus hin, die *Wow!* und *Jippie!* und *Repus-irretoll!* bedeuteten.
Anneliese war im Auto sitzen geblieben. »Ich bin nur der Chauffeur«, sagte sie jedes Mal, wenn sie etwas gefragt wurde – so war es abgemacht.
Linus und Mila standen nebeneinander und antworteten abwechselnd. Auch das entsprach dem Plan. So konnte notfalls der eine übernehmen, wenn der andere ins Stocken geriet.
Ganz leicht war es tatsächlich nicht, ruhig zu bleiben, wenn man in Mikrofone sprechen musste und Kameras auf einen gerichtet waren. Insgesamt hatten sich neun Personen eingefunden: zwei Kameraleute, zwei Fotografen und ein paar Reporter mit Notizblöcken oder Mikrofonen.
Linus hatte keine Ahnung, woher sie alle waren. Vorgestellt hatten sich nur die zwei vom Fernsehen. »Wir sind von den Kindernachrichten«, hatten sie gesagt.
Linus blickte sich mindestens zwanzig Mal zum Hof um, aber der Bauer kam nicht aus dem Haus. Bestimmt war er stinkwütend und warf drinnen mit Tassen und Tellern. Längst nicht alle Leute aus Drente waren ruhig und nüchtern. Was bei Ru-

lofs nur zu verständlich wäre, denn im Grunde hatten sie ihn ja reingelegt. Dumm, dass die Sache mit den Journalisten sich nun direkt vor seinem Anwesen abspielte. Wer weiß, vielleicht war diesem Rulofs gar nicht klar, dass Schweine sich in engen Käfigställen nicht wohlfühlten. Besser, sie wären ehrlich gewesen und hätten ihm ihre Aktion erklärt.
Inzwischen prasselten weitere Fragen auf sie ein.
Frage: »Was genau ist der Internationale Tierbefreiungstag?«
Mila: »Das ist der Tag, an dem wir an die Millionen, nein, die Milliarden Tiere denken, die überall auf der Welt gefangen sind, jeden Tag von morgens bis abends.«
Frage: »Und die wollt ihr heute alle befreien?«
Mila: »Nein, das würde nicht gehen. Jedenfalls nicht an einem einzigen Tag.«
Linus: »Es wäre viel zu gefährlich, auch für die Tiere.«
Frage: »Ihr habt nun zwei Schweine freigekauft. Was wollt ihr mit dieser Aktion erreichen?«
Mila: »Dass die Leute übers Fleischessen und über das Schicksal der Tiere nachdenken. Die zwei Schweine hier haben Glück, aber alle anderen …« Mila wies zu den Ställen auf Rulofs' Grundstück. »… alle anderen enden demnächst im Schlachthof.«
Frage: »Was macht ihr mit diesen beiden?«
Mila: »Die bringen wir in ein Schweineasyl. Sie haben ein Trauma und müssen erst einmal verwöhnt werden. Berichten Sie bitte auch über die Euro-Aktion, ja? Sonst bekommt meine Oma ihr Geld nicht zurück. Und die Leute vom Asyl können auch Geld gebrauchen.«

Linus: »Für einen Euro kann man sich beim Fleischer ein kleines Stück Speck oder Schinken kaufen. Wenn man den Euro spendet, kauft man auch ein Stück Speck oder Schinken, nur dass es noch am lebenden Schwein dran ist.«
Mila: »Wer uns hilft und Geld spendet, darf die Schweine besuchen kommen und sie streicheln. Das ist viel besser als sie aufessen.«
Linus: »Wir erstellen heute Abend eine Facebookseite und posten Fotos und Informationen. Spick und Spock Nicht-Speck heißt die Seite. So heißen unsere Schweine nämlich.«

Das mit der Facebookseite war nicht abgesprochen, diese Idee war ihm gerade eben gekommen. Mila warf ihm einen Seitenblick zu, einen eindeutig bewundernden Blick.

Frage: »Wollt ihr noch mehr solche Aktionen machen?«
Mila: »Auf jeden Fall. Wir machen so lange weiter, bis alle Tiere frei sind.«
Frage: »Aber wie soll das gehen? Bei uns in den Niederlanden gibt es derzeit 114 Millionen Nutztiere, das habe ich recherchiert. Sollen die alle in ein Asyl, oder wie stellt ihr euch das vor?«
Eine knifflige Frage. Der Reporter grinste spöttisch.
Mila: »Äh … tja …«
Linus: »Es sind einfach zu viele. Besser wäre es, sie würden gar nicht erst geboren. Dann gäbe es auch keinen Platzmangel in den Ställen. Aber weil sie nun mal da sind, muss man sie …«

Frage (vom Grinsereporter): »Aber was sollen die Leute essen, wenn sie auf Fleisch von Schweinen und Hühnern und Kühen verzichten sollen?«
Linus: »Äh … tja …«
Mila: »Die Leute sollen das essen, was es außer Fleisch noch gibt. Und das ist eine ganze Menge, Sie sollten das eigentlich wissen. Fleisch essen schadet nicht nur den Tieren, sondern auch der Umwelt und der Gesundheit und überhaupt der ganzen Welt.«

Jetzt war es an Linus, Mila bewundernd anzusehen. Und der Grinsereporter war still. Wahrscheinlich hatte er geglaubt, Russina und General G. haushoch überlegen zu sein. Aber da hatte er sich getäuscht.
Eine Frage kam doch noch.
»Hat eure Aktion überhaupt einen Sinn, wenn der Bauer sich für das Geld neue Ferkel kauft?«
»Sie hat keinen Sinn«, antwortete Linus.

Die Journalisten waren perplex, denn diese Antwort hatte keiner erwartet. Linus kam sich vor, als säße er in einer Achterbahn und raste auf und ab und rundherum, so schnell, dass er in eine Art Rausch geriet. Er hatte befürchtet, dass ihm vor lauter Aufregung die Sprache wegbleiben würde, dass er Mila das Reden überlassen müsste und nur dumm dabeistehen würde. Aber so war es nicht. Wie kam es nur, dass ihm eine Antwort nach der anderen einfiel, sodass die Journalisten glauben mussten, er kenne sich mit dem Thema bestens aus?

Dabei hatte er sich bis vor Kurzem noch nie über Tierhaltung und Fleischessen Gedanken gemacht. Und er wusste nicht einmal, ob er hinter all dem stand, was er sagte. Aber es hört sich gut an. Er war im Floh. So sagte man doch, wenn alles wie von selbst ging und einem die richtigen Worte einfach zuflogen.
»Aber warum macht ihr es dann?«
Wieder hatte er sofort eine Antwort parat.
»Manchmal muss man einfach etwas tun. Auch wenn es keinen Sinn hat. Wir hoffen, dass viele Leute von unserer Aktion erfahren. Und dass sie dann nachdenklich werden. Und wenn das klappt, hat sie doch einen Sinn. Finden wir jedenfalls. Auch wenn uns die Ferkel leidtun, die der Bauer für unser Geld kauft.«
»Und wenn alle sofort aufhören, Fleisch zu essen, dann müssen die neuen Ferkel nicht gemästet und geschlachtet werden«, ergänzte Mila. Sie war offenbar ebenfalls im Floh.

Zottige Schweine

Noch nie war in einem Auto so leise-laut geschrien worden wie in dem dunkelblauen Volvo-Kombi auf dem Weg zur »Fröhlichen Sau« in Leenderveld. Schreien mussten sie einfach, weil sie völlig aus dem Häuschen waren. Aber nur leise, um Spick und Speck nicht zu erschrecken. Die beiden wussten ohnehin nicht, wie ihnen geschah, und machten schon die ganze Zeit ängstliche Knopfaugen.

»Keine Angst, ihr seid in Sicherheit«, sagte Linus mehrmals zu ihnen, aber das schienen sie nicht zu kapieren. Dabei hatte Mila immer behauptet, Schweine seien sehr intelligente Tiere. Mila und Linus führten Sitztänze auf, wie zu schwungvoller Musik. Anneliese hatte es auch probiert, aber gleich wieder aufgehört, weil sie sonst Schlangenlinien fuhr, und das fand sie mit zwei Kindern und zwei Schweinen in einem fremden Auto dann doch zu riskant.

Linus war hochzufrieden damit, wie alles gelaufen war. Nur die Sache mit Rulofs drückte ihm etwas aufs Gewissen. Sie hatten ihn hinters Licht geführt, und das war wirklich nichts, worauf man stolz sein konnte. Aber das Seltsame war: Wenn Rulofs nichts gemerkt hätte, dann hätte Linus auch kein schlechtes Gewissen gehabt. Nicht ganz wohl in seiner Haut war ihm auch, als er an seine Eltern dachte, aber an die wollte er jetzt keinen Gedanken verschwenden.

Jana und Hessel von der »Fröhlichen Sau« lachten herzlich, als sie mit den Schweinen hinten im Auto vorfuhren.
»Hättet ihr was gesagt, dann wären wir mit dem Anhänger gekommen«, sagte Jana. »Wir haben einen eigens für den Schweinetransport.«
Daran hatten sie keinen Moment gedacht.
Glücklicherweise war es kein Problem, dass sie zwei Schweine statt einem brachten; Mila hatte während der Fahrt kurz angerufen und Bescheid gesagt.
Jana freute sich mit ihnen, dass alles so problemlos gelaufen war und dass so viele Journalisten aufgetaucht waren, denn die Berichterstattung war auch eine gute Reklame für ihr Schweineasyl.
Hessel wies Anneliese an, rückwärts an eine kleine umzäunte Wiese neben dem großen Schweineauslauf heranzufahren.
»Die Tiere müssen sich erst aneinander gewöhnen«, erklärte Jana. »Wir halten die beiden ein paar Tage getrennt von den anderen und beobachten, wie sie reagieren. Wenn sie sich am Zaun eine Weile freundlich beschnüffelt haben, können wir sie zusammenlassen.«
»Riecht, als hätten sie gepinkelt«, meinte Hessel, als er die Heckklappe öffnete.
Linus betrachtete die Schweine im Auslauf. Einige waren sehr groß und schwer, andere eher klein, manche hatten nur ein paar spärliche Borsten, andere ein dichtes zottiges Fell. Und außer rosafarbenen waren auch braune und schwarz gefleckte dabei. Dass es so viele Schweinerassen gab, hatte er gar nicht gewusst.

Anneliese machte ein paar Fotos von Spick und Spock, als Hessel sie aus dem Laderaum hob. Für die Facebookseite, von der Linus unterwegs erzählt hatte.
»Gut, dass sie zu zweit sind und nicht allein«, sagte Mila.

Auf dem Nachhauseweg, als sie endlich ganz laut hätten schreien können, weil sie keine Rücksicht mehr auf die Schweine nehmen mussten, waren sie zu müde dazu. Linus jedenfalls. Während der halben Stunde, die sie bis Veenholten unterwegs waren, fiel kaum ein Wort.
»Stell das Auto bitte wieder an die gleiche Stelle«, sagte Linus zu Anneliese, als sie in der Reiherstraße anhielten. »Sonst merkt mein Vater gleich was, der ist ziemlich pingelig mit solchen Sachen. Noch einen halben Meter zurück … so, jetzt ist es okay.«
Dass sie heimlich das Auto genommen hatten, würde seinen Vater wütender machen als alles andere. Für den Fall, dass der Volvo in der Zeitung oder im Fernsehen auftauchte, nahm Linus sich vor zu behaupten, Milas Eltern hätten genau den gleichen Wagen. Was durchaus hätte sein können, die Marke war ziemlich verbreitet.
Linus stieg aus.
Auch das noch! Frau Timmer, die Nachbarin, stand am Fenster und winkte ihm zu.
»Und jetzt?«, wollte Mila wissen. »Gehst du gleich nach Hause?«
»Später, erst einmal will ich bei Anneliese die Facebookseite erstellen. Machst du mit?«

Eingeschweißtes Masthuhn

Wie sich beim Herunterladen der Fotos zeigte, hatte Anneliese auch Bilder von den Schweinen im Auto gemacht und von Linus und Mila, wie sie den Journalisten Rede und Antwort standen. Davon hatte Linus überhaupt nichts bemerkt. Gemeinsam wählten sie ein paar Bilder für die Facebookseite aus, die im Nu erstellt war. Und sie sah richtig gut aus!

Mila behandelte Linus heute wie ein Tier, sprich: ausgesprochen nett und freundlich. Anneliese kochte schnell eine Suppe. Dann saßen sie am Tisch und aßen und schwatzten und lachten, wie ein eingeschworenes Team, das seit Jahren nichts anders tat als Tiere freikaufen. Schließlich klingelte Milas Handy: Linus' Eltern waren aus Meppel zurück.

Zufrieden mit dem gelungenen Tag und mit sich selbst, machte Linus sich auf den Nachhauseweg. Vielleicht würde morgen etwas über ihre Aktion in der Zeitung stehen, und wenn sie Glück hatten, kamen sie abends in den Kindernachrichten. Niemand, den er kannte, war je im Fernsehen gewesen. Er wäre dann berühmt, und wer berühmt war, brauchte sich keine Gedanken mehr darüber zu machen, was andere von ihm hielten. Die Leute würden sich glücklich schätzen, ihn zu kennen – hoffentlich auch seine Eltern.

Dass die Eltern und Marlies einen langweiligen Tag hinter sich hatten, war überdeutlich. Linus' Vater hatte nach den Besuchen in Meppel oft schlechte Laune, und heute guckte er noch verdrießlicher als sonst. Wahrscheinlich, weil sie mit dem Auto seiner Mutter gefahren waren. Kleinwagen, fand er, seien etwas für Frauen und Minderbemittelte, man habe darin so wenig Platz wie ein eingeschweißtes Masthuhn.
»Ich geh gleich rauf«, sagte Linus.
»Seid ihr mit eurem Projekt fertig?«, fragte seine Mutter. »Zeig doch mal her.«
»Das … äh … liegt bei Mila!«, rief Linus auf dem Weg zur Treppe.
»Hiergeblieben!«, befahl sein Vater.
Widerwillig ging Linus ins Wohnzimmer zurück.
»Willst du gar nicht wissen, wie's bei Oma war?«
»Äh … hm …«
»Ich seh schon, das interessiert unseren Herrn Sohn nicht. Dann mach mal, dass du raufkommst.«

In der Nacht schreckte Linus bestimmt zehn Mal aus dem Schlaf hoch. In halb wachem Zustand geisterten ihm Bilder durch den Kopf: Schweine, Rulofs, Journalisten, Kameras, Mikrofone, das Auto, stinkende Zeitungen … du lieber Schreck, die Zeitungen lagen noch hinten im Auto!
Linus flog die Treppe runter. Was für ein Glück, dass er fliegen konnte. Ein tolles Gefühl war das, die Treppe so hinunterzuschweben. Er hätte endlos weiterfliegen können, aber die Zeitungen mussten verschwinden.

Das Auto war nicht abgeschlossen, und im Laderaum lagen die Zeitungen sauber aufgestapelt. Wer hatte das gemacht? Auf der Titelseite der obersten Zeitung stand ein Artikel über Schweine. Tote Schweine, unzählige tote Schweine waren auf dem Foto zu sehen, und daneben ein zorniger Bauer, der wie Rulofs aussah. Bei ihm Mila mit lachendem Gesicht. O Gott, Rulofs trat aus dem Foto heraus! Nichts wie weg! Aber Linus konnte plötzlich nicht mehr fliegen. Noch viel schlimmer, er konnte sich überhaupt nicht mehr bewegen! Seine Beine waren wie aus Pudding. Nur die Augen konnte er noch aufreißen – voller Entsetzen.
Ein Traum. Gott sei Dank, es war nur ein Traum. Irgendwie schade, denn fliegen können, das hatte was, das war ein …
Linus fuhr hoch. Die Zeitungen! Die lagen wirklich noch im Auto!

Heimlichkeiten in der Nacht waren für ihn inzwischen Routine. Wie ein geübter Ein- und Ausbrecher schlich er, den Autoschlüssel in der Hand, durch die Terrassentür aus dem Haus, durch den Garten und nach vorn zur Straße.
Als er die Heckklappe öffnete, prallte er erschrocken zurück. Pfui Teufel! Das stank ja noch schlimmer als vorher. Linus bemühte sich, durch den Mund zu atmen, während er die Zeitungen zusammenraffte.
Aber wohin damit? Er sah sich um. Die Reiherstraße bot keinerlei Versteckmöglichkeiten. Annelieses Gartenschuppen fiel ihm ein. Er wusste, dass sie den nie abschloss.
Brrr, war das kalt! Er hätte eine Jacke überziehen sollen. Aber

wenigstens war er nicht barfuß rausgelaufen, sondern hatte Hausschuhe angezogen.
So rannte Linus fröstelnd in seinem Cowboyschlafanzug durch die dunklen Straßen, die Arme voller Schweinepissezeitungen.
So etwas hatte der große General Grant garantiert nie machen müssen.
Plötzlich blieb er stehen. Er konnte die Zeitungen nicht bei Anneliese deponieren, denn sie glaubte nach wie vor, seine Eltern wüssten von der Aktion.
Also zum großen Stein. Linus rannte weiter. Er keuchte und hatte den Eindruck, seine Zunge hinge bis zum Boden. Beim Stein angekommen, versteckte er die Zeitungen in einem Gebüsch. Morgen würde er wieder herkommen und sie vergraben.
Jetzt aber schleunigst nach Hause.
Wieder keuchend und mit hängender Zunge.
Wie spät war es überhaupt? Am Horizont wurde der Himmel schon ein wenig hell. Er durfte auf keinen Fall vergessen, gleich in der Frühe Raumspray im Auto zu versprühen.

Meerschweinchenpo

Morgens auf dem Schulhof steuerte Mila sofort auf Linus zu.
»Hi«, sagte sie.
»Was ist denn jetzt kaputt?«, fragte Linus.
»Wieso?«
»Du kommst einfach auf mich zu und redest mit mir.«
»Na und?«

Davon abgesehen, ereignete sich nichts Spektakuläres. Niemand rief: »He, Linus! Du stehst in der Zeitung! Du bist berühmt!« Oder: »Du bist ein Held!«
Sie hatten Mathematik, Geschichte, Kreatives Gestalten, Biologie und Sport. Linus und Mila tauschten immer wieder Blicke. Blicke, die sagten: *Wir sind toll, noch weiß es keiner, aber es ist so!*
Ob wirklich in den Kindernachrichten über sie berichtet werden würde? Die Frau vom Fernsehen hatte gesagt, das werde immer sehr kurzfristig entschieden. Wenn zwischenzeitlich etwas sehr Wichtiges auf der Welt passiere, werde der Beitrag über die Schweineaktion verschoben oder schlimmstenfalls gar nicht gesendet. Das Thema sei gut, hatte sie gemeint, aber natürlich nicht weltbewegend.
Wenn also heute ein Flugzeug abstürzte oder irgendwo ein Krieg ausbrach, hatten sie Pech gehabt.

»Kommst du später zu Anneliese?«, fragte Mila. »Dann können wir uns die Nachrichten zu dritt ansehen.«
»Ich gucke sie mir lieber zu Hause an. Dann kann ich meine Eltern gleich beruhigen, wenn ihr Auto zu sehen ist und sie es erkennen.«
»Und was willst du dann sagen?«
»Dass es nicht unser Volvo ist, sondern ein anderer.«
Mila schüttelte den Kopf.
»Linus, Linus, Linus.«
»Was: *Linus-Linus-Linus*?«
»Manchmal bist du echt schlau, aber manchmal …«
»Nicht?«
»Doch. So schlau wie ein Meerschweinchenpo.«
Mila fand ihn manchmal echt schlau. Linus' Herz machte einen Hüpfer. Wer außer ihm konnte von sich behaupten, dass Mila Romein ihn manchmal echt schlau fand?

Es klingelte an der Haustür. Das war nichts Ungewöhnliches, darum griff Linus nach seinem schwarzen Heft und zählte, wie viele Seiten noch leer waren, auf die er Zeitungsartikel kleben konnte.
»Linus!«, rief seine Mutter von unten.
Sechzehn, siebzehn … und das waren noch nicht alle.
Linus ging zur Treppe, beugte sich übers Geländer und rief: »Was gibt's?«
»Da sind … ein Mann und eine Frau für dich.« Die Pause mitten im Satz fiel auf. Ein Mann und eine Frau, an sich nichts Besonderes. Interessanter wäre es gewesen, wenn ein Stier und

eine Kuh oder ein Bock und eine Ziege vor der Tür gestanden hätten.
Grinsend ging Linus die Treppe hinab. Konnte ja nicht schaden, auf alles gefasst zu sein.
Aber es waren tatsächlich ein Mann und eine Frau.
»Das hier ist mein Sohn Linus«, stellte seine Mutter ihn vor.
»Gut. Mit dem jungen Mann haben wir zu reden«, sagte die Frau.
»Sagen Sie mir doch bitte, worum es geht«, bat Tina.
»Um diverse Vorfälle. Wir hoffen, sie mit Hilfe Ihres Sohns aufklären zu können.«
Linus konnte es nicht fassen. Dass zwei Erwachsene mit ihm über »diverse Vorfälle« reden wollten, war noch nie dagewesen. Grund genug, Bauchgrimmen zu bekommen. Das heißt, wenn man weniger mutig war als Linus und weniger Kraft und Charakter hatte.
Die zwei sahen aus, als wäre nicht mit ihnen zu spaßen. Die Frau war ziemlich stämmig, und der Mann hatte einen mächtig dicken Bauch.
»Wir sind Herr Marskramer und Frau Dup«, sagte der Mann zu Linus, »und wir kommen von der Polizei.«
Polizei? Sie trugen doch gar keine Uniformen.
»Es hat diverse Vorfälle gegeben, die wir sehr ernst nehmen müssen«, sagte Frau Dup.
Und Herr Marskramer sah Linus' Mutter an: »Wir würden Ihren Sohn gern mit aufs Revier nehmen, um ihn in Ruhe zu befragen. Es wird sicherlich nicht lange dauern.«
Das gab's doch nicht! Das musste ein Traum sein.

Schnell: aufsteigen, wegfliegen! Doch Linus' Füße hoben sich nicht vom Boden.
»Aber warum nur?«, fragte seine Mutter. »Ich versteh das alles nicht.«
»Machen Sie sich keine Sorgen«, sagte Frau Dup. »Wir sagen telefonisch Bescheid, wenn Sie ihn abholen können.«

Wie ein Roboter folgte Linus den beiden zu einem am Straßenrand geparkten Polizeiauto. Sie forderten ihn auf, hinten einzusteigen. Dass er in einem Polizeiauto mitfahren durfte, hob Linus' Stimmung ein bisschen, denn das war cool.
Das Auto fuhr an. Aufwachen, dachte Linus, wie hab ich das heute Nacht gleich wieder gemacht? Richtig, Augen aufreißen. Aber die waren ja bereits offen. Vielleicht nicht so richtig? Linus kniff die Augen fest zu und riss sie dann weit auf. Aber er saß nach wie vor im Polizeiauto.

Auf dem Revier angekommen, ging es durch einen langen Flur mit vielen Türen. Frau Dup öffnete eine Tür und wies Linus an, sich auf den grünen Plastikstuhl zu setzen, der vor einer Wand stand.
Drei weitere grüne Stühle standen an einem langen Holztisch und daneben ein Schreibtisch, an dem ein Polizist saß – diesmal einer in Uniform – und etwas in einen Computer tippte. Er nickte Linus zu, und Frau Dup verließ das Zimmer.
Linus kam sich vor wie in einem Krimi. Echt spannend war das, trotzdem: Diesmal wäre er lieber nur Zuschauer gewesen.

Nach ein paar Minuten betrat eine junge Frau, ebenfalls in Uniform, den Raum.
»Hallo, Linus«, sagte sie. »Ich bin Desirée und möchte mich gern mit dir unterhalten.«
Linus hatte das Gefühl, in seinem Hals stecke etwas fest – ein halb aufgelutschtes Bonbon, das er versehentlich geschluckt hatte. Wenn er einen lauten Schrei ausstieß, würde es sich lösen. Aber das traute er sich nicht. Wer weiß, vielleicht erschrak die Polizistin dann so, dass sie ihre Pistole zog und ihn niederschoss.
Ach was, das hier ist nicht Amerika im neunzehnten Jahrhundert, dachte er. Außerdem trug diese Desirée keine Pistole am Gürtel. Und auch keinen Schlagstock.
Sie hatte sekundenlang geschwiegen, jetzt sagte sie: »Deine Freundin Mila Romein ist auch hier.«
Mila ist nicht *meine* Freundin, wollte Linus antworten, sondern nur *eine* Freundin, und das auch nur manchmal. Aber das Bonbon hinderte ihn am Sprechen.
»Ihr habt gestern eine interessante Aktion auf die Beine gestellt.« Desirée lächelte zuckersüß. »Zwei Schweine freigekauft. Wir haben im *Tagblatt* davon gelesen.«
Es hatte also in der Regionalzeitung gestanden.
»An sich eine gute Sache.« Das Lächeln erlosch. Desirée zog einen Stuhl heran, setzte sich Linus gegenüber und musterte ihn eingehend. »Aber vielleicht habt ihr auch was Verbotenes in dieser Richtung gemacht, kann das sein?«
Linus hatte den Eindruck, aus ihren Augen könnten jeden Moment Angelhaken hervorschießen, um die Wahrheit aus ihm

herauszuzerren. Aber foltern duften Polizisten nicht, Foltern war verboten.

»Wir nehmen solche Vorfälle sehr ernst«, fuhr Desirée fort. »Denn ehe man sich's versieht, läuft es aus dem Ruder. Nicht, dass wir euch für Terroristen halten, schließlich seid ihr erst elf.«

Terroristen? Wovon redete die Frau?

»Am besten, du erzählst mir jetzt alles.« Sie beugte sich ein wenig vor, als würde sie erwarten, dass Linus flüsternd ein Geständnis ablegte. »Deine Freundin hat übrigens alles zugegeben.«

Drei junge Tauben

Mila sollte alles zugegeben haben? Unvorstellbar!
»Das hat sein Gutes, nicht wahr? So brauchst du nicht zu befürchten, dass du sie verrätst.« Desirée hatte wieder ihr Zuckerlächeln aufgesetzt. »Trotzdem wollen wir es auch von dir hören. Deine Sicht der Dinge sozusagen.«
Bis auf das Tastenklappern war es still im Raum. War es denn so schlimm, was sie getan hatten? Auf der Welt passierten wahrhaftig schlimmere Dinge, jeden Tag. Hatte die Polizei nichts Besseres zu tun, als Kinder auszufragen? Vielleicht sollte er das der Polizistin erklären. Wenn nur nicht dieses Bonbon in seiner Kehle gesteckt hätte …
Mila hatte garantiert nichts zugegeben. Das Ganze war ein Trick, um ihn zum Reden zu bringen. Er hatte in letzter Zeit so viel geschwindelt und geblufft. Das hatte den Vorteil, dass man andere schneller durchschaute.
Linus hob die Schultern bis zu den Ohren und setzte ein ahnungsloses Gesicht auf.
»Na gut, wie du willst.« Desirée lehnte sich zurück und nahm eine entspannte Haltung ein, in der sie es wohl noch Stunden aushalten konnte. »Ich kann warten.«
Jetzt mischte sich der Computerpolizist ein.
»Fang einfach mit dem Taubenschlag an.«
Linus war so verdutzt, dass das Bonbon schlagartig weg war.

»Tauben-was?«
»Hör zu, Linus.« Desirée beugte sich wieder vor. »Ich war dabei, als die kleine Romein befragt wurde, und ich habe festgestellt, dass sie eine ganz schön dominante Person ist.« Sie stützte die Ellbogen auf die Knie und sprach mit sanfter Stimme weiter: »Mir scheint, du warst ein leichtes Opfer für sie. Du hast bei ihren Aktionen mitgemacht, ohne so recht zu wissen, worum es ging, stimmt's? Sie hat übrigens auch zugegeben, dass sie dich rekrutiert hat.«
Stille.
»Weißt du, was rekrutieren heißt, Linus?«
Linus wollte mit den Schultern zucken, aber die waren auf einmal so schwer wie Hünengrabsteine.
Desirée sprach weiter.
»Wir haben uns auch in Rheeveld umgehört, wo deine saubere Freundin früher gewohnt hat. Und was glaubst du? Mit einem Mal konnten diverse rätselhafte Fälle geklärt werden. So, jetzt hab ich dir eine Menge gesagt. Nun bist du an der Reihe mit Reden.«
Linus fehlten die Worte.
Taubenschlag?
Hieß das, dass Mila am Mittwoch doch nicht zu Hause geblieben war? Dass sie ihn belogen hatte?
Ach was, die konnten ihm viel erzählen! Er glaubte ihnen kein einziges Wort.
»Komm schon, Linus. Wenn du alles zugibst, lege ich bei deinen Eltern ein gutes Wort für dich ein. Du machst mir nämlich nicht den Eindruck, als wärst du ein Dummkopf. Du hast

dich lediglich mitreißen lassen, bist an eine falsche Freundin geraten.«
»Mila ist nicht falsch!«
»Mag sein. Sagen wir: Sie ist übers Ziel hinausgeschossen. Aber ein ganzes Stück weiter als du.«
So ein Quatsch. Mila kannte ihr Ziel immer ganz genau.
Der Geheimhaltungs- und Treueeid galt immer noch, auch wenn er zerrissen, verbrannt und beim großen Stein vergraben unter der Erde lag. Mila hatte nichts verraten, das konnte schlicht nicht sein. Die ATF war ihr heilig.
»Jetzt aber zu den Tauben ...«, sagte der Computerpolizist wieder. Anscheinend waren ihm Tauben wichtiger als andere Tiere. »Erzähl mal, wie das gelaufen ist.«
»Ich weiß nichts von Tauben. Echt nicht.«
Das Vertrackte beim Lügen war, dass es für die Wahrheit keine Pluspunkte gab. Man konnte nicht sagen: *Aber es ist wirklich so!* Denn mit so einem Satz könnte man den Eindruck erwecken, als wäre alles andere gelogen.

Seltsamerweise war es gar nicht so schwierig, alles abzustreiten, wenn man erst einmal dazu entschlossen war. Linus kam es vor, als hätte er im Kopf einen Schalter umgelegt. Ab jetzt würde er nur noch sagen: »Keine Ahnung. Ich weiß von nichts.« Dass Desirée und der Computerpolizist ihm unsympathisch waren, machte die Sache leichter.
Aber seine Eltern! Wenn die alles erfuhren – eine Horrorvorstellung! Lügen und kriminelle Aktionen mochten spannend und aufregend sein, aber eben nur, solange keiner davon wusste.

Der Computerpolizist erhob sich und baute sich vor Linus auf. »Weißt du eigentlich, dass drei der jungen Tauben von einer Katze gefressen wurden?«

Linus hob den Kopf. Der Mann war so groß, dass er ihn wie ein Turm überragte. Aus der Höhe schossen seine Augen feurige Blitze. Schnell senkte Linus den Blick wieder.

»Keine Ahnung. Ich weiß von nichts. Schon gar nicht von irgendwelchen Trauben.«

Trauben, oje, was für ein blöder Versprecher!

»Tauben. TAUBEN. Dass sehr wertvolle Tiere darunter waren, hast du wohl auch nicht gewusst, was?«

Nein, wie auch?

»Tauben, die ihrem Züchter Preise eingebracht haben. Zum Glück sind einige wiedergekommen, obwohl ihr den Schlag komplett kaputt gemacht habt. Aber nicht alle. Was hast du dazu zu sagen?«

Linus hatte nichts dazu zu sagen.

Aus dem Augenwinkel sah er, dass Desirée und der Turm einen Blick tauschten. Einen Blick, den Linus nicht zu deuten vermochte. Wahrscheinlich war es ein polizeiinterner Geheimblick.

»Mitläufer wie du sind gefährlich«, sagte Desirée. »Weil sie tun, was ein anderer ihnen sagt, ohne selber nachzudenken.«

Das musst gerade du sagen!, wollte er rufen, aber damit würde er sie nur noch mehr gegen sich aufbringen.

»Das machen aber viele Leute«, sagte er deshalb leise. »Soldaten zum Beispiel, die tun immer, was man ihnen sagt. Und Polizisten auch. Oder nicht?«

Keine Antwort. Aber der Turm warf ihm einen Blick zu, als würde er bedauern, dass die Folter abgeschafft war.

Der Turm verließ das Zimmer, kam aber gleich wieder und flüsterte Desirée etwas zu. Dann schwiegen sie beide.
Linus versuchte, an etwas anderes zu denken, so wie beim Zahnarzt. Er stellte sich Spick und Spock vor, wie sie sich genüsslich im Schlamm suhlten. Und Schnuffel, wie er vergnügt durch den Wald hoppelte. Die Tiere waren in Freiheit, er dagegen befand sich in den Fängen der Polizei. Aber wie eine Zahnbehandlung würde auch das irgendwann vorbei sein.
»Deine Mutter ist übrigens gekommen und wartet draußen auf dem Flur.« Desirée wies zur Tür.
Linus sagte nichts, obwohl sich sein Magen zusammenzog.
»Wenn du so weitermachst, wird sie noch lange warten müssen. Willst du das?«
»Nein, und ich will auch die Kindernachrichten nicht verpassen.«

Seine Eltern würden ihn schon nicht in Stücke reißen oder skalpieren. Auch nicht in einen Schrank einsperren oder bei eBay versteigern. Aber wütend würden sie sein. Und, was noch schlimmer war, enttäuscht. Falls es ganz übel werden würde, könnte er ja Anneliese fragen, ob er von jetzt an bei ihr wohnen könnte.

Ängstliche Maus

Seine Mutter saß auf einem Stuhl im Flur, leichenblass im Gesicht.

»Sie können Ihren Sohn mit nach Hause nehmen«, sagte Desirée zu ihr. »Auch wenn wir nicht wesentlich weitergekommen sind.« Sie schwieg kurz und fragte dann: »Hat man Sie schon über alles informiert?«

Linus' Mutter nickte.

»Ihr Sohn ist ein harter Brocken. So was hatten wir noch nie, jedenfalls nicht bei einem Kind seines Alters. Er streitet alles ab, dabei wissen wir, dass er beteiligt war.«

Linus ärgerte sich, dass sie über ihn sprach, als stünde er nicht dabei.

Aber sie hatte ihn einen »harten Brocken« genannt, das nahm er als Kompliment.

»Ich versteh das alles nicht«, sagte seine Mutter. »Und glauben kann ich es auch nicht.«

»Glauben Sie es ruhig: Linus gehört einer geheimen Tierbefreiungsorganisation an. Und er kann von Glück sagen, dass die Sache aufgeflogen ist, bevor noch Schlimmeres passiert.« Plötzlich drehte sie sich zu Linus um: »Du bildest dir vielleicht ein, es wäre eine Heldentat, dass du deine Freundin nicht verrätst. Aber sie hat *dich* verraten. Ich an deiner Stelle würde mir andere Freunde suchen.«

Nach diesen Worten wandte sie sich wieder an die Mutter: »Sie hören noch von uns. Auch was den materiellen Schaden angeht, den Sie natürlich ersetzen müssen.«

Linus stieg in den Suzuki. Was stand ihm nun bevor? Was die Polizisten von ihm dachten, war ihm ziemlich egal, nicht aber, was ihm zu Hause blühte.
Er musste so schnell wie möglich mit Mila reden. Denn dass sie ihn verraten hatte, glaubte er einfach nicht. Mila war nämlich auch ein harter Brocken, wahrscheinlich noch deutlich härter als er. Das war nun einmal die Voraussetzung für ATF-Mitglieder, neben Mut und Kraft und Charakter.
Seine Mutter stieg ebenfalls ins Auto, schlug die Tür zu und hüllte sich in eine düstere Schweigewolke.
Wie spät es wohl war? Bestimmt schon fast sieben Uhr. Vielleicht saß Edmund jetzt mit Marlies vor dem Fernseher und schaute Kindernachrichten – wenn bloß sein Volvo nicht zu sehen war.
Seine Mutter schnallte sich an. Ihr Mund war ein Strich.
Linus schnallte sich ebenfalls an.
Seine Mutter startete den Motor und fuhr los.
Den ganzen Weg über blickte sie stur geradeaus und sagte kein Wort.

»Da ist er also, unser krimineller Sohn.« Edmund klatschte in die Hände. »Applaus, du bist berühmt! Verschwinde nach oben in dein Zimmer.« Der letzte Satz galt leider nicht Linus, sondern Marlies, die wie eine ängstliche Maus davonhuschte.

»Großartig hast du das gemacht. Du stehst in der Zeitung und warst im Fernsehen. Als idiotischer Schweinebefreier. Ich kann's nicht fassen!«
Fernsehen – also doch! Linus schaute verstohlen auf die Uhr. Es war viertel nach sieben.
»Von wegen Projekt am Sonntag! Angelogen hast du uns!« Endlich machte Tina den Mund auf. Sie hatte sich wie eine Gefängniswärterin neben Linus postiert.
»Es tut mir leid«, sagte Linus, den Blick auf den Boden gerichtet, wie es sich für einen reuigen Sünder gehörte. Beziehungsweise wenn man so tat, als wäre man einer. Er war bereit, das Strafgericht über sich ergehen zu lassen. Umso schneller konnte er zu Mila und hören, wie es wirklich gewesen war.
»Leid tut es dir? Und du glaubst, das reicht?«, polterte Edmund. »Bist du eigentlich des Wahnsinns? Tiere befreien … wie kann man nur … so was ist …« Er suchte nach Wörtern, die es wahrscheinlich gar nicht gab.
»An allem ist das Mädchen schuld, diese verflixte Milena.« Tina trat ans Fenster und schaute hinaus.
»Du machst jetzt, dass du in dein Zimmer kommst!«, fuhr Edmund Linus an. »Dich hab ich heute nämlich ein paarmal zu oft gesehen! Deine Mutter und ich überlegen uns eine angemessene Strafe.«
»Ich hatte gleich ein ungutes Gefühl.« Nach wie vor stand Tina am Fenster, wie zu einer Säule erstarrt. »Dieses Mädchen hat einen schlechten Einfluss auf Linus.«
Wenigstens war das Auto bisher noch nicht zur Sprache gekommen.

Linus rannte schnell nach oben und legte sich in Denkhaltung aufs Bett. Jetzt bloß nicht an die düstere Gegenwart denken. Lieber an die Zukunft: die Zeit, wenn alles besser sein würde.

Eine halbe Stunde verging, ohne dass Linus etwas Sinnvolles zur Zukunft eingefallen wäre. Seine Mutter kam ins Zimmer, stellte wortlos einen Teller mit belegten Broten und ein Glas Apfelsaft auf seinen Schreibtisch und ging wieder.
Auch wenn sie wütend und enttäuscht war, wenigstens wollte sie nicht, dass er verhungerte und verdurstete wie die alte Frau im Heim. Das war ein Lichtblick, wenn auch nur ein kleiner.

Er musste Elias' Jacke vergraben, möglichst schnell, aber das dauernde Klackern lenkte ihn ab … Linus machte die Augen auf. Er war gar nicht dabei, Elias' Jacke zu vergraben – warum auch? Es war nur ein Traum gewesen, er hatte geschlafen. Aber die Geräusche waren noch da. Sie kamen vom Fenster. Jemand warf Kiesel an die Scheibe.
Linus stand auf und schaute hinaus.
Unten stand Mila.
Sie machte ihm ein Zeichen, dass er das Fenster öffnen sollte, und griff in ihre Hosentasche. Ein etwas größerer Stein kam geflogen, diesmal mit Papier umwickelt.
Anscheinend hatte Mila damit gerechnet, dass er nicht aus dem Haus konnte. Jetzt heimlich davonzuschleichen, wäre undenkbar, denn seine Eltern lagen bestimmt noch wach und dachten sich die schlimmsten Strafen für ihn aus.

Linus schloss das Fenster rasch wieder, hob den Stein auf und wickelte das Papier ab.

Was: ATF-Treffen.
Wo: bei Oma.
Wann: Sobald du kommen kannst.

Donnerndes Mammut

Beim Frühstück sprach keiner ein Wort, nicht einmal Marlies. In der Luft lag eine so dichte Spannung, dass Linus meinte, es knistern zu hören. Wenn man die aufgeladene Atmosphäre in der Küche in eine große Batterie packen könnte, dachte Linus, konnte man ganz Veenholten mit Energie versorgen. Das wäre umweltschonend und somit ein guter Beitrag zur Rettung der Welt.

»Habt ihr euch schon eine Strafe überlegt?«, wagte er schließlich zu fragen.

»Nein«, sagte Tina. »Das ist nicht einfach.« Ihr Ton war vorwurfsvoll, als wäre es seine Schuld, dass ihr und Edmund nichts eingefallen war.

Edmund blätterte die Zeitung um, was in der Stille klang, als würde ein riesiges Mammut durch die Küche donnern. Hoffentlich stand heute nichts über Tiere im Allgemeinen und Schweine im Besonderen darin.

Als Linus sich auf den Schulweg machte, sah er am Ende der Straße Mila stehen. Sie hatte auf ihn gewartet.

»Wir gehen zu mir«, sagte sie.

»Und was ist mit der Schule?«

»Das ist geregelt. Ich hab angerufen und gesagt, dass wir aufs Polizeirevier bestellt sind.«

Linus starrte sie ungläubig an.
»Komm schon!« Mila zog ihn am Ärmel.
Trotz seiner Bedenken nickte Linus. Sie mussten reden – je eher, desto besser.

Die Plüschtiere, die Posterponys, der Ohrensessel ... Milas Zimmer sah aus wie immer. Und dennoch war alles anders.
Als er im Sessel saß, fiel Linus auf, dass der Papierkorb neben dem Schreibtisch voller zerknüllter Papiertaschentücher war. Hatte Mila Schnupfen?
Weil sie offensichtlich nicht vorhatte anzufangen, ergriff Linus das Wort. »Hast du sie gesehen?«
»Wen gesehen?«
»Die Nachrichten.«
Sie schüttelte den Kopf.
»Wir können uns ja nachher die Wiederholung anschauen.«
»Was werden sie in der Schule dazu sagen?«
»Eine ganze Menge, schätze ich.« Mila saß auf ihrem Bett, zupfte an der Decke herum und wippte nervös mit dem Fuß.
»Haben sich deine Eltern aufgeregt?«, fragte Linus.
»Und wie. Aber das juckt mich nicht.«
Ein paar Sekunden vergingen, ehe sie weiterredete.
»Weißt du, was die Polizei gesagt hat? Du wärst ein Tunichtgut. Und ich soll mir besser andere Freunde suchen.«
»Wie bitte? Zu mir haben sie gesagt, *ich* soll mir andere Freunde suchen!«
»Ganz zu Anfang haben sie gesagt, du hättest alles zugegeben.«

»Und mir haben sie das Gleiche über dich gesagt! Aber ich hab's nicht geglaubt. Und zugegeben hab ich gar nichts. Ich brech doch nicht unseren Eid.«
Gleich würde Mila grinsen und »Ich auch nicht, niemals!« sagen.
Aber sie grinste nicht und sagte auch kein Wort.
»Du weißt schon: den Eid auf Geheimhaltung und ewige Treue«, sagte Linus.
Mila zupfte heftiger an der Decke, jetzt mit beiden Händen, sodass Linus befürchtete, der Stoff könnte reißen und die Füllung herausquellen.
»So ein paar Sachen hab ich schon zugegeben«, sagte sie leise.
»Wie bitte?« Bestimmt hatte er sich verhört.
»Erst nur das mit den Tauben, da warst du ja nicht dabei. Aber genau das wollten sie mir nicht glauben. Ich würde dich in Schutz nehmen, haben sie gesagt, und du wärst wahrscheinlich … irgendwie … gestört.«

Toter Elefant

Mit seinen Ohren stimmte wirklich etwas nicht. Die Polizisten sollten behauptet haben, er sei gestört???
»Ein Mann hat dich Sonntagnacht im Schlafanzug auf der Straße rumrennen sehen. Mit einem Stapel Zeitungen auf dem Arm. Das ist ihm verdächtig vorgekommen. Am Montagmorgen hat er dich dann in der Zeitung gesehen und gleich die Polizei informiert. Weil er dachte, es hätte vielleicht was mit den Tauben zu tun. Der Taubenzüchter ist nämlich ein Freund von ihm.«
Die Sache mit den Tauben – genau, das musste auch noch geklärt werden!
»Zu mir hast du gesagt, du wärst am Mittwoch zu Hause geblieben.« Linus fixierte Mila mit Desirées Angelhakenblick, der aber keine Wirkung hatte, weil Mila ihre Bettdecke anstarrte.
»Ich wollte dir nichts sagen, weil etwas schiefgelaufen ist.«
»Die Katze?«
Mila nickte. Sie hatte aufgehört zu zupfen und saß nun regungslos da. Linus sah, dass unter ihren Wimpern Tränen hervorrannen.
»Die Katze war so groß und irre schnell. Ich hab noch versucht, sie … Und ich dachte, es wäre nur ein Täubchen gewesen. Aber die Polizisten haben gesagt …«

»Es waren drei.«
»Ich konnte doch nicht ahnen, dass sie Junge hatten … und dass die noch nicht richtig fliegen konnten.«
»Okay, aber von den anderen Aktionen hast du nichts gesagt, oder?«
Sie wischte sich mit dem Ärmel über die Wange.
»Doch … weil sie behauptet haben, sie wüssten schon alles.«
O Mann, das durfte doch echt nicht wahr sein!
Mila hob den Blick.
»Ich hab natürlich geglaubt, dass du alles zugegeben hast, da dachte ich, jetzt kommt's nicht mehr drauf an.«
»Du hast es geglaubt, weil du denkst: Linus ist ein Trottel, Linus kann nichts, Linus traut sich nichts!«
Er stand auf und ging zum Fenster. Ins Freie schauen war besser, als Mila ansehen zu müssen. *Katze frisst Taube* – nicht schön für die Taube, aber das ist der Lauf der Natur. *Mila verrät Linus* – das ist nicht der Lauf der Natur. Geheimhaltung und ewige Treue haben nichts mit der Natur zu tun. Ihren blöden Eid konnte sie sich in die Haare schmieren! Und jetzt hockte ausgerechnet sie da und flennte wegen ein paar Tauben. Linus hatte gut Lust, ihr einen richtigen Grund zum Flennen zu geben.
Mit einem Ruck drehte er sich um.
»So, jetzt stell ich dir mal eine Frage. Vielleicht weißt du ja auch schon, was für eine!«
Mila schüttelte den Kopf und fummelte ein Papiertaschentuch aus der Packung.
»Warum hast du mich ausgesucht? Als deinen Helfer, meine ich. Warum mich?«

»So eben.«
»Von wegen *so eben!* Warum?«
»Ich weiß es nicht.«
Du warst ein leichtes Opfer für sie, hatte die Polizistin gesagt. Der Satz summte wie eine lästige Mücke an seinem Ohr. War er wirklich ein leichtes Opfer gewesen? Hatte Mila ihn gefragt, weil sie sicher war, dass er nach ihrer Pfeife tanzen würde wie ein Affe, ein Hündchen oder ein Seehund im Zirkus? Sie hatte nicht Elias gefragt. Auch nicht Jannis oder irgendeinen anderen.
»Du weißt es sehr wohl«, sagte er. »Und jetzt sagst du's mir!«
Mila schnäuzte sich die Nase und zuckte die Schultern.
»Jetzt ist alles anders. Du bist auch anders. Anders, als ich dachte.«
»Du auch!«
Milas Augen waren gerötet. Wenn er ihr nun eine saftige Ohrfeige gäbe, würde die Wange farblich dazupassen.
Schwer wie ein toter Elefant lag die Stille zwischen ihnen.
Mila warf das Taschentuchknäuel in Richtung Papierkorb. Es landete einen halben Meter daneben.
»Gut, dann sagst du's eben nicht. Ich geh jetzt. Vielleicht sieht man sich wieder, vielleicht auch nicht.« Nach diesen Worten stürmte Linus aus dem Zimmer.
»Warte!«, klang Milas Stimme hinter ihm.
Aber er blieb nicht stehen, sondern rannte die Treppe hinunter und ins Freie. Ohne sich umzusehen. Und ohne einen Blick in Richtung Nachbarhaus zu werfen, wo vielleicht Anneliese am Fenster stand.

Läuseasyl

In der Schule redete Linus nicht mehr mit Mila. Früher hatten sie in der Schule auch nicht miteinander geredet, das heißt: sie nicht mit ihm, weil er ihr zu unbedeutend war. Und nun redete er nicht mir ihr, weil sie ihm zu gemein war.

In den Pausen hielt Mila sich beim Klettergerüst auf, redete mit diesem, redete mit jenem, stand jedoch die meiste Zeit allein herum – so wie früher. Jetzt aber ging Linus nicht mehr mit seinem speziellen Pausen-Schlendergang an ihr vorbei, sondern machte einen weiten Bogen um sie. Mila konnte ihm egal sein, weil er wahrhaftig Besseres zu tun hatte, Fußball spielen zum Beispiel mit Elias und den anderen Jungs.

Elias fand es prima, dass Linus wieder »normaler« war. Was er mit »normaler« meinte, wusste Linus nicht, und er fragte auch nicht danach, weil es garantiert mit Mila zusammenhing.

Ihm reichte es schon, dass er dauernd auf sein Abenteuer angesprochen und damit aufgezogen wurde. Nicht nur in der Schule, sondern in ganz Veenholten.

Seine Eltern hatten sich bisher noch nicht dazu geäußert, was die »angemessene Strafe« betraf. Tina hatte ihm lediglich den Umgang mit Mila verboten, was nicht weiter schlimm war, denn er wollte sich ohnehin nicht mehr mit ihr treffen. Hätte er es aber gewollt, dann wäre ihm das Verbot piepegal gewe-

sen, denn mit wem er Umgang hatte, bestimmte immer noch er selbst.
Dass sie das Auto genommen hatten, war leider herausgekommen. Im Regionalsender TV Drente war der Volvo zu sehen gewesen, mit deutlich lesbarem Nummernschild. Linus brauchte also gar nicht erst mit einer Ausflucht zu kommen. Einen großen Krach gab es seltsamerweise nicht, wohl weil seine Eltern inzwischen einiges gewöhnt waren. Allerdings wurde er dazu verdonnert, den Volvo und den Suzuki ein Jahr lang jeden Monat zu waschen – quasi als »Autostrafe«.

Ansonsten hielt die Wut seines Vaters zum Glück nicht allzu lange an. Schon am Donnerstag war er wieder zum Scherzen aufgelegt.
»Was machst du eigentlich, Linus, wenn bei euch in der Schule Läuse auftreten? Sammelst du die alle ein und bringst sie ins Läuseasyl?«
Seine Mutter schwieg ihn nicht mehr an, im Gegenteil, jetzt wollte sie die ganze Zeit reden. Wie es bloß so weit kommen konnte, fragte sie, dass er plötzlich darauf kam, solche Dummheiten zu machen, und ob sie und Edmund denn etwas falsch gemacht hätten und so weiter. Selbst wenn Linus es gewollt hätte, er hätte nichts dazu sagen können. Und es war ihm auch schnuppe.

Er schrieb eine Liste mit Milas schlechten Eigenschaften und nahm sich vor, den Zettel über sein Bett zu hängen.

Mila Romein ist:
herrschsüchtig
gemein
falsch
eine Lügnerin
eine Verräterin
eine Heulsuse
und noch viel mehr ...

Vielleicht ließ sich daraus eine Pressemitteilung machen, die würde er dann an die Zeitung schicken, damit alle Leute die Wahrheit über Mila Romein erfuhren.
Trotz allem fragte Linus sich, wie es Mila wohl ginge und ob sie jetzt gerade auch an ihn dachte.
Aber genau solche Gedanken wollte er ja vermeiden – also fort damit!
Obwohl: Die letzten Male, vor allem am Schweineaktionstag, war Mila viel netter gewesen als zu Anfang. Dann jedoch hatte sie ihn verraten, indem sie der Polizei alles erzählt hatte. Und was noch übler war: Sie hatte darauf gesetzt, dass er als braver Mitläufer tat, was sie ihm sagte, und keine Fragen stellte. Das hatte sie mit »geeignet« gemeint.
Linus hatte das Wort »rekrutieren« im Lexikon nachgeschlagen. Es bedeutete: jemanden aussuchen und mit List oder Gewalt vor den eigenen Karren spannen. Das mit dem Karren hatte er auch nachgeschlagen; es hieß: jemanden für die eigenen Zwecke ausnutzen.

Und genau das hatte Mila gemacht. Mit List. Gewalt war nicht im Spiel gewesen. Dennoch Grund genug, dass er nichts mehr mit ihr zu tun haben wollte. Nie mehr.

Darum war es auch ein Zufall, dass er am Samstagnachmittag in die Nähe des Eschenwalls kam. Er wollte einfach nur ein bisschen draußen rumlaufen, ab und zu tat das gut. Und weil Veenholten nicht besonders groß war, ergab es sich, dass er hier entlangkam. Bei der Gelegenheit konnte er rasch mal nachsehen, ob Annelieses Haus noch stand. Gut möglich, dass der russische Seiltänzer aufgetaucht war, Streit gesucht und Geschirr zerdeppert und anschließend das Haus niedergebrannt hatte.

Aber es stand noch und sah aus wie immer. Milas Haus ebenfalls. Alles in bester Ordnung.

Linus warf einen Blick auf seine Schuhe und stellte fest, dass die Schnürsenkel sich gelockert hatten. Er bückte sich, löste die Schlaufen und band sie neu.

Oh, da stand ja Anneliese am Fenster! So ein Zufall! Und sie winkte.

Linus richtete sich auf und winkte zurück. Musste er ja wohl, alles andere wäre unhöflich gewesen.

Anneliese machte ihm ein Zeichen, ins Haus zu kommen.

Was nun?

Eine Begegnung mit Mila wollte Linus vermeiden, also ging er besser nicht zu ihrer Oma. Andererseits wäre es ein enormer Zufall, wenn sie sich gerade jetzt bei Anneliese aufhielte. Und ein paar erklärende Worte wären nicht verkehrt, sonst würde Anneliese womöglich einen falschen Eindruck von ihm bekommen.

Falls es Mila nicht passte, dass er Anneliese weiterhin besuchte, war das ihr Problem. Dann müsste sie sich eben eine andere Oma suchen.

Durchgedrehter Kampfhund

Zu Linus' Erleichterung war Mila nicht bei ihrer Oma.
»Die Polizei hat mich überhaupt nicht befragt«, sagte Anneliese, als sie im Wohnzimmer saßen. Es klang fast, als wäre sie deswegen ein bisschen gekränkt. »Das verstehe ich nicht. Schließlich habe *ich* doch das Auto gefahren. Halten die mich für so alt und tatterig, dass ich als Verdächtige gar nicht in Frage komme?« Sie machte ein Gesicht wie ein ausgedrückter Putzlappen.
»Ich würde dich auf jeden Fall verdächtigen«, sagte Linus. »Vor allem, wenn du so guckst.«
»Danke für das Kompliment.«
Anneliese stand auf und ging in die Küche. Nach ein paar Minuten kam sie wieder, jedoch ohne Plätzchen oder eine andere Knabberei.
»Ich habe gehofft, dass du dich wieder mal sehen lässt«, sagte sie.
»Ich wusste nicht, ob ich darf.«
»Aber sicher. Warum denn nicht?«
»Na ja, Mila und ich …«
»Ich weiß. Du bist wütend auf sie. Aber doch nicht auf mich, oder?«
Linus schüttelte heftig den Kopf.
»Ich freu mich jedenfalls, dass du da bist. Übrigens ist schon jede Menge Geld eingegangen.«

»Echt? Und wie viel? Reicht es für unsere Schulden?«
»Und ob. Sogar für eine größere Spende an das Schweineasyl.«
»Wow!«
Dann redeten sie über die Spick-und-Spock-Facebookseite. Sie hatte schon unglaublich viele Fans, die eifrig kommentierten. Die Kommentare waren fast alle nett, nur ein Junge hatte geschrieben, er liebe Schweine, aber nur durch den Fleischwolf gedrehte. Linus hatte zu Hause alles gelesen, sich aber selbst nicht geäußert. Die positiven Reaktionen freuten ihn zwar, aber so allein wollte sich keine rechte Begeisterung einstellen.
»Viele Kinder haben angeboten zu helfen, wenn wir mal wieder eine Aktion machen«, sagte er.
»Das findet Mila bestimmt toll, du solltest es ihr erzählen«, meinte Anneliese.
»Mach du das.«
»Nein, du.« Anneliese wandte den Blick zum Fenster und winkte. »Und wenn ich es richtig sehe, hast du schon gleich Gelegenheit dazu.«
Der Feind war im Anzug. Noch so ein seltsamer Zufall. Oder hatte Anneliese vorhin heimlich eine SMS geschickt?
»Weiß sie, dass ich hier bin?«, fragte Linus.
Anneliese warf einen Blick auf ihre Armbanduhr.
»Oh, so spät schon! Ich muss los, meine Bridgefreunde warten!«
Stimmt, es war ja Samstagnachmittag.
»Mila ist übrigens netter, als du denkst, Linus.«
»Sie ist gemeiner, als *du* denkst.«
Anneliese nahm ihren Mantel vom Sessel und zog ihn an.

»Sie mag manchmal ein bisschen unüberlegt sein«, sagte sie. »Aber gemein ist sie wirklich nicht.«
»Sie hat mich rekrutiert. Weil sie einen Dummen für ihre linken Aktionen gebraucht hat.«
»Ich weiß zufällig, dass sie dich …«
Die Tür ging auf. Mila. Musste sie ausgerechnet mitten in Annelieses Satz hineinplatzen?
Anneliese gab Mila im Vorbeigehen einen Kuss und rief: »Ich muss mich beeilen!«
»Oh, du hier?« Mila sah Linus an, als wäre er ein Wurm im Apfel.
»Du ja auch.«
»Was willst du hier?«
»Ich bin zufällig vorbeigekommen. Anneliese hat mich reingebeten.«
Mila stand nach wie vor an der Tür. Und Linus saß nach wie vor auf dem Sofa. Die Stille dehnte sich aus wie ein Hefeteig im Warmen.
»Bist du noch wütend?«, fragte Mila.
»Was glaubst du wohl? Du hast mich verraten und die ATF auffliegen lassen. Und mich hast du einfach rekrutiert.«
»Reku-was?«
»Schlag's nach!«
Mila trat von einem Fuß auf den anderen, schaute auf den Boden, dann zu Linus und wieder auf den Boden.
»Ich geb's ja zu. Das war nicht okay von mir.«
Mila gab es zu. Immerhin etwas.
»Warum mich?«, fragte Linus. »Ich will jetzt eine Antwort.«

»Hm, ich schau mal nach, ob Oma was zum Naschen dahat.« Mila machte ein paar Schritte in Richtung Küche.
Doch da war Linus bereits aufgesprungen und hatte sie am Arm gepackt.
»Gib mir jetzt eine Antwort!«
Mila wollte ihn abschütteln, aber er hielt sie eisern fest.
»Warum ist das so wichtig? Vergessen wir das Ganze einfach, okay?«
»Nein, das ist *nicht* okay!«
Mila zuckte die Schultern. »Ich hab jemanden gebraucht, der nicht auffällt. Einen, von dem keiner glaubt, dass er so was macht.«
»Einen Blödmann oder was?«
Mila blickte auf seine Hand, machte aber keine Anstalten mehr, sich zu befreien.
»Ich hab halt gedacht, du findest es spannend und fragst nicht groß, sondern machst einfach mit.«
»Also doch: einen Blödmann.«
»Aua!«
Jetzt riss sie ihren Arm los, den Linus versehentlich zu fest gedrückt hatte.
»Du hast ja auch mitgemacht«, sagte Mila. »Und zwar ohne viel zu fragen. Also hatte ich recht, oder?« Sie rieb sich den Arm und sah Linus gelassen an. »Aber ein Blödmann bist du nicht.«
Als sie auf die Küchentür zusteuerte, kam Linus ihr mit ein paar Sprüngen zuvor und versperrte den Weg.
Mila versuchte, ihn wegzuschieben.

»Hör auf mit dem Quatsch. Du benimmst dich wie ein durchgedrehter Kampfhund.«

»Am Anfang hast du mich aber schon für einen Blödmann gehalten, gib's zu!«

»Ja, hab ich, wenn du es unbedingt hören willst. Kann ich jetzt durch?«

Linus trat zur Seite.

Das war sie, die Wahrheit, wie ein großer Weißer Hai, den er schon eine Weile auf sich hatte zuschwimmen sehen.

Mila rückte einen Küchenstuhl zur Anrichte.

»Aber ich fand dich auch nett. Viel netter als die anderen.«

Der einzig wahre Linus Homan

Komisch, gerade eben war ihm die Wahrheit noch ungeheuer wichtig gewesen. Dann aber war der Hai vorbeigeschwommen, ohne sich groß für ihn zu interessieren.
Mila stieg auf den Stuhl, öffnete eine Klappe im Wandschrank und angelte eine Tüte Paprikachips heraus.
»Ein Blödmann bist du wirklich nicht. Kein bisschen.«
»Weißt du, ich hab auch so einiges über dich gedacht«, sagte Linus.
»Was denn?«
»Alles Mögliche.«
Mila stieg vom Stuhl. Unter lautem Geraschel riss sie die Tüte auf und spähte aufmerksam hinein.
»Wir könnten doch befreundet bleiben, oder?«, murmelte sie.
»Wen fragst du das? Die Chips?«
Mila nickte und biss sich auf die Lippe.
»Und was sagen sie?«
Sie hielt das Ohr an die Tüte.
»Sie rufen laut: ›Au ja, das wär super!‹«
»Hm.«

Mila nahm eine Handvoll Chips heraus und stopfte sie in den Mund, sodass ihre Stimme beim Weitersprechen sehr undeutlich klang.

»Und was meinst du?«
Dazu würde er nicht gleich etwas sagen. Sollte sie ruhig ein bisschen schmoren.
»Ich würde gern noch was wissen. Und zwar, ob es diesen Club überhaupt gibt? Ich meine: Gehören außer dir und mir noch mehr Leute dazu?«
Eigentlich hätte er das nicht zu fragen brauchen, weil er die Antwort ja schon kannte.
Mila steckte noch ein paar Chips in den Mund und nuschelte etwas völlig Unverständliches.
»Es gibt also keinen Club. Hab's mir schon gedacht.«
Chipskauen beginnt laut, endet aber leise.
Es wurde still.
»Befreundet bleiben …« Linus legte die Stirn in Falten. »Meinst du damit, dass ich wieder bei deinen Aktionen mitmachen muss?«
Mila schluckte den letzten Rest hinunter.
»Du *musst* gar nichts. Außerdem ist mein Plan, mir was Neues auszudenken.«
»Was denn? Tausend Kühe befreien? Oder eine Million Hühner?«
Sie grinste wie der gelbe Plüschaffe in ihrem Zimmer. Vermutlich stellte sie sich gerade vor, wie sie tausend Kühe oder eine Million Hühner freiließ.
»Vorläufig nicht.«
»Ist auch besser. Wenn so was Ähnliches wieder vorkommt, weiß jeder gleich, dass wir es waren«, sagte Linus.
Mila nickte.

»Ich fänd's gut, wenn du ...« – sie pikste Linus mit dem Zeigefinger in den Bauch – »... wenn du Lust hättest, mir dabei zu helfen.«
»Ich?«
Mila nickte wieder und hielt ihm dann die Chipstüte hin.
Linus schüttelte den Kopf.
»Nimm schon. Ist doch dein drittes Lieblingsessen.«
»Wie kommst du darauf?«
»Pizza, Pfannkuchen, Paprikachips – das hast du selber aufgeschrieben.«
Drei flache Sachen mit P ... dass sie sich das gemerkt hatte!
»Überleg's dir«, sagte Mila. »Ich würd mich freuen, wenn du mithilfst. Manchmal hast du nämlich echt gute Ideen.«
War das die neue Mila Romein? Friedlich und freundlich und nett?
»Vor allem, wenn's um brave Sachen geht«, ergänzte sie. »Solche, bei denen man keinen Ärger mit der Polizei kriegt.«
Ein Glück, die normale Mila gab es auch noch. Linus hatte schon befürchtet, sie hätte sich in ein niedliches Flauschküken verwandelt.
»Brav hab ich nämlich nicht so gut drauf.« Mila verzog den Mund zu einem schiefen Grinsen.
»Ich weiß nicht«, sagte Linus. »Tiere retten passt, glaube ich, nicht recht zu mir.« Er steckte die Hände in die Hosentaschen. Mit gestreckten Armen, so tief waren die Taschen. »Ich find's wichtig, dass Tiere ein gutes Leben haben, aber der Bauer letzten Sonntag hat mir leidgetan.«
»Leid? Warum das denn?«

»Der muss sich total bescheuert vorgekommen sein, wie wir da mit den ganzen Leuten von der Zeitung und vom Fernsehen vor seinem Hof gestanden haben. Aber für dich ist er ja nur der Feind, du hast überhaupt kein Mitleid.«

»Hat er vielleicht Mitleid mit seinen Schweinen? Das glaubst du doch selber nicht. Leute wie der sind einfach nur gemein.«

»Selbst wenn: Gefühle hat er trotzdem.«

»Meinst du?«, fragte Mila, aber es klang nicht wie eine Frage.

»Ja«, sagte Linus. »Und ich kann's auch beweisen.«

»Wie denn?«

Linus holte mit dem Fuß aus und trat Mila fest ans Schienbein.

»Aua!«

Die Chipstüte fiel zu Boden.

Mila zog das Bein an und rieb sich die schmerzende Stelle.

»Spinnst du jetzt oder was?«

»Siehst du? Gemeine Leute haben auch Gefühle.«

Mila sah ihn mit großen Augen an. Dann flogen die Stalltore in ihrem Gesicht auf und eine Horde rosa Gluckser quoll heraus.

»Ich werd's mir überlegen«, sagte Linus, hob die Chipstüte auf und griff hinein.

»Was überlegen?«

»Ob ich dir helfen will. Ich sag dir am Montag in der Schule Bescheid.«

»Montag ist keine Schule.«

»Dann komm bei mir vorbei.«

Es hatte geregnet, die Pfützen glänzten in der Sonne. Linus war auf dem Nachhauseweg. Er hüpfte nicht, sondern ging ganz normal. Hüpfen war etwas für Mädchen.
Kurz vor der Reiherstraße blieb er an einer großen Pfütze stehen und betrachtete sein Spiegelbild. Linus Homan, früher der normalste Junge von Veenholten, Drente, Niederlande – jetzt der einzig wahre Linus Homan von Veenholten, Drente, Niederlande.
Von dem Mila Romein etwas wollte. Und endlich wusste er auch, was es war.
Mit beiden Füßen zugleich sprang er in die Pfütze hinein. Der Spiegel-Linus zerspritzte nach allen Seiten.

Inhalt

Die Autorin

Mariken Jongman wurde 1965 in Amsterdam geboren. Sie hat zahlreiche Kinderbücher geschrieben, für die sie mehrfach ausgezeichnet wurde. Neben ihrer Arbeit als Kinderbuch-Autorin beschäftigt sie sich intensiv mit Musik, singt leidenschaftlich und schreibt Theaterstücke und eigene Lieder.